Pour une nuit inoubliable

JANE PORTER

Pour une nuit inoubliable

Traduction française de
CATHERINE BENAZERAF

AZUR

HARLEQUIN

Collection : Azur

Titre original :
THE PRICE OF A DANGEROUS PASSION

HARPERCOLLINS FRANCE
83-85, boulevard Vincent-Auriol, 75646 PARIS CEDEX 13
Service Lectrices — Tél. : 01 45 82 47 47 - www.harlequin.fr
ISBN 978-2-2804-5443-8 — ISSN 0993-4448

Composé et édité par HarperCollins France. Achevé d'imprimer en avril 2021.
par CPI Black Print - Barcelone - Espagne
Dépôt légal : mai 2021.

FSC
www.fsc.org
MIXTE
Papier issu de sources responsables
FSC® C159065

Pour limiter l'empreinte environnementale de ses livres, HarperCollins France s'engage à n'utiliser que du papier fabriqué à partir de bois provenant de forêts gérées durablement et de manière responsable.

Prologue

Réveillon du nouvel an

S'il était une règle à laquelle Charlotte ne dérogeait jamais, c'était de ne pas mêler plaisir et travail – tentation qui ne l'effleurait même pas, quels que soient les clients auxquels elle avait affaire.

Tous des personnalités de marque, ils s'adressaient à elle pour la solide réputation dont elle jouissait dans le domaine des relations publiques. Charlotte Parks était experte dans l'art de régler les problèmes d'image, de démêler les embrouillaminis médiatiques, de mettre un terme aux situations cauchemardesques sur les réseaux sociaux.

Comment tous ces gens-là continueraient-ils à lui faire confiance s'ils ne pouvaient se fier à son jugement ? Si elle perdait de vue les raisons pour lesquelles on l'avait embauchée ?

Charlotte n'ignorait rien de tout cela. Néanmoins, quelqu'un comme Brando Ricci lui aurait facilement fait remiser aux oubliettes les principes qu'elle s'était fixés.

Cela faisait plusieurs semaines qu'elle avait résolu les problèmes des Ricci-Baldi, passant l'automne à Florence afin de rectifier l'image déplorable que des conflits de succession entre les membres de la puissante fratrie avaient laissée paraître dans la presse. Toutes les tensions ne s'étaient pas apaisées, mais la famille pouvait désormais afficher un front uni à l'attention du public.

La somptueuse réception donnée en cette veille de nouvel

an était censée en fournir la preuve. C'était en remerciement pour son efficacité que Charlotte y avait été conviée.

Elle n'aurait pas dû accepter. Le généreux salaire qui lui avait été consenti suffisait largement à la dédommager de tous ses efforts. Rien ne justifiait qu'elle soit revenue à Florence pour prendre part à cette soirée.

La musique se fit plus lente. Brando la serra étroitement contre lui. Il appuya la main au creux de ses reins, et Charlotte sentit ses seins s'écraser sur le buste d'airain revêtu d'un impeccable smoking.

— Vous êtes songeuse, murmura-t-il, son souffle chaud lui effleurant l'oreille.

— Effectivement, admit-elle. Ou, plutôt, je m'exhortais à ne pas oublier quel homme dangereux vous êtes.

— Je ne vous ferai jamais de mal, se récria Brando. Vous pouvez en être certaine.

Charlotte n'en doutait pas une seconde. Mais elle ne doutait pas non plus que Brando Ricci soit aussi sensationnel au lit que hors du lit. Depuis l'instant de leur première rencontre – au mois de septembre passé –, il avait existé entre eux une alchimie fébrile. Ce qui ne laissait pas de la troubler. Car Charlotte n'avait jamais éprouvé pareille attirance pour quelque homme que ce soit. Jamais il ne lui était venu la tentation de faire fi de toute prudence. Et pourtant, à moins d'une demi-heure de la nouvelle année, voilà qu'elle se retrouvait en lutte avec sa conscience.

En lutte avec son désir.

— Je ne devrais pas être ici, murmura-t-elle.

Son cœur battait la chamade. Tout son corps était baigné d'une onde de chaleur délicieuse. Depuis combien de temps n'avait-elle pas fait l'amour ? Un an ? Deux, peut-être ? Jamais un homme ne l'avait à ce point attirée.

Une part d'elle-même mourait d'envie de céder à cette attirance. Tandis que sa raison la mettait en garde contre une erreur susceptible de compromettre sa carrière, sa réputation… De lui briser le cœur, aussi.

Elle leva les yeux vers le séduisant visage. Seigneur, que cet homme était beau ! Véritablement superbe !

Sa séduction ne tenait pas seulement à l'harmonie de ses traits. Il était doté d'une distinction naturelle qui le rendait irrésistiblement fascinant.

Au cours des mois pendant lesquels elle avait travaillé pour la famille Ricci, Brando l'avait aussi impressionnée par sa capacité à faire preuve de sagesse et de perspicacité, bien qu'il soit le plus jeune. Charlotte en était venue à faire confiance à sa vision des choses, à respecter son avis, se tournant vers lui à chaque fois qu'Enzo, Marcello et Livia se déchiraient. C'était sur Brando qu'elle avait compté pour ramener l'ordre et la concorde dans sa tumultueuse fratrie.

Et c'était pour lui qu'elle était revenue à Florence…

— De quoi avez-vous peur ? s'enquit Brando, la dévisageant entre ses paupières mi-closes.

Sous ce regard inquisiteur, Charlotte sentit un picotement parcourir son visage et une infinité de terminaisons nerveuses se mettre en alerte à travers son corps.

— De perdre la tête, répondit-elle sans détour.

Une ébauche de sourire retroussa le coin de la bouche sensuelle. La main de Brando glissa imperceptiblement vers les rondeurs de son postérieur.

— Nous sommes deux adultes consentants, commenta-t-il.

Charlotte percevait sa musculature nerveuse pressée contre elle : le torse aussi ferme que l'acier, le bassin étroit, les cuisses vigoureuses.

— Certes, mais je me fais une règle de ne jamais mêler travail et plaisir…

— Vous oubliez que nous ne travaillons plus ensemble, dit Brando avant de lui effleurer le cou des lèvres.

Frémissante, Charlotte ferma les paupières. Elle s'efforça d'ignorer la façon dont sa poitrine se gonflait, dont ses mamelons pointaient sous la dentelle du soutien-gorge. Il lui devenait de plus en plus difficile de garder la tête froide. Elle mourait d'envie de sentir les lèvres de Brando sur les siennes, les grandes mains caresser son corps. Cela faisait si longtemps qu'elle n'avait pas fait l'amour. Et elle désirait intensément cet homme. Elle désirait le poids de son corps sur elle, brûlait qu'il la fasse sienne, rêvait du plaisir qu'il lui donnerait. Un plaisir qu'elle attendait de lui et de nul autre.

Brando Ricci. Vigneron et homme d'affaires. Milliardaire.

Bientôt son amant ?

— Nous ne devrions pas faire ça, murmura-t-elle en retenant son souffle lorsque le pouce de Brando lui effleura le cou, faisant courir une myriade de langues de feu sous sa peau.

— Nous ne faisons rien de mal, chuchota Brando.

Pour l'instant ! corrigea Charlotte en son for intérieur.

Elle inclina la tête en arrière pour vriller son regard aux prunelles gris argent, où brillait une lueur qui n'avait rien de rassurant. Le feu que Charlotte y perçut fit courir un frisson le long de son épine dorsale.

Cela faisait des mois qu'elle combattait la perception fiévreuse de l'alchimie perceptible entre eux. Elle avait lutté pour faire taire sa libido, mais ce soir elle perdait le combat.

À simplement virevolter dans les bras de Brando, elle était à bout de souffle et la tête lui tournait. Tout son corps était habité par les palpitations délicieusement douloureuses du désir. Par une faim inextinguible.

— Il est presque minuit, dit-elle en jetant un coup d'œil à l'énorme cadran installé dans la salle de bal pour le compte à rebours jusqu'à la nouvelle année.

Brando tourna les yeux vers la pendule.

— Oui, plus que dix minutes, acquiesça-t-il.

D'un regard circulaire, Charlotte engloba l'estrade où l'orchestre jouait des airs à succès, et le beau monde se pressant sur la piste. L'immense salle de réception rassemblait tout ce que l'Europe comptait de gens riches et célèbres, pour une merveilleuse soirée où l'on dansait, riait, buvait, festoyait. Lorsque sonneraient les douze coups de minuit, l'effervescence serait à son comble.

Charlotte avait toujours fui la foule. Cependant, lorsqu'elle avait reçu l'invitation des Ricci, elle n'avait pas refusé. Elle en était incapable.

— À quoi pensez-vous, *cara* ?

La voix grave de Brando était une véritable caresse.

Cara. Chérie. De nouveau, un irrépressible frisson parcourut Charlotte.

C'était pour Brando qu'elle était venue ce soir. C'était lui, et lui seul, qui comptait à ses yeux. Mais où donc étaient passées ses stupides règles de vie ?

Elle s'humecta les lèvres de la pointe de la langue.

— Je n'ai pas pour habitude de…

— Mêler plaisir et travail, je sais. Ce soir, ne pouvez-vous oublier le travail ?

Un baiser fugitif caressa les lèvres de Charlotte, libérant en elle des nuées de papillons. Une myriade de battements d'ailes qui parlaient d'espoir et d'infinies possibilités.

Sa vie n'était faite que de solitude, de sérieux, de sang-froid. Mais, ce soir… Ce soir, Charlotte avait le sentiment que – pour une fois, au moins – elle avait trouvé sa place. Même si ce n'était que pour une nuit.

— Juste ce soir, répondit-elle d'une voix rauque. Vous devez me promettre que cela n'ira pas au-delà de cette nuit. Promettez-le, Brando.

1.

Charlotte Parks ramena ses longs cheveux blonds derrière une oreille, lissa les revers de son élégant manteau et appuya sur la sonnette du superbe hôtel particulier au cœur de Florence, à quelques pas du Ponte Vecchio. C'était dans l'un des appartements de cet ancien palais que résidait le magnat des affaires, Brando Ricci, lorsqu'il séjournait en ville.

Deux fois déjà, Charlotte en avait franchi le seuil. La première, au mois d'octobre précédent, pour une visite professionnelle. La seconde, pendant la nuit du nouvel an, pour des raisons qui n'avaient *plus rien* de professionnel.

Le luxueux logis de Brando comprenait deux étages. Il fallait donc quelques minutes pour que l'on réponde à son coup de sonnette. Aussi attendit-elle patiemment.

Le flegme était l'un des traits de caractère dominants de Charlotte. Très tôt, elle avait appris à faire face avec placidité aux relations mouvementées régnant dans sa nombreuse famille. Tous deux issus de l'aristocratie britannique, ses parents avaient enchaîné unions et divorces dans une joyeuse pagaille, lui donnant une tripotée de frères et sœurs de sang et par alliance. Née en Angleterre, la jeune Charlotte avait été embarquée par sa mère à Los Angeles, lorsque cette dernière avait épousé un tumultueux cinéaste. Après dix années sous le soleil californien, c'était dans un pensionnat suisse qu'elle avait été expédiée pour y parfaire ses études.

La fratrie de Charlotte comptait de nombreux personnages de renom – acteurs et actrices, top models, pilotes automobiles –, et une émission de télé-réalité leur avait même été consacrée pendant quelques années.

C'était dans une charmante demeure des collines de Hollywood que Charlotte avait fini par s'installer, deux ans auparavant. Elle appréciait la franchise et l'efficacité américaines. De plus, elle s'était très vite construit une réputation de grande habileté dans la maîtrise des problèmes d'image, ce à quoi les riches Américains étaient particulièrement sensibles. Sa petite entreprise de relations publiques n'avait donc pas tardé à remporter un franc succès, dont les échos résonnaient à travers le monde entier.

C'était précisément sa capacité à résoudre les problèmes de communication les plus ardus qui l'avait conduite à Florence, où l'illustre famille Ricci – à la tête d'un empire incluant vignobles, maroquinerie de luxe, et maison de haute couture – avait fait appel à elle.

Charlotte avait atteint son objectif : la tribu Ricci avait cessé d'occuper les premières pages des tabloïds. Ce qui aurait dû mettre un terme définitif à leur fréquentation.

Sauf que le sort en avait décidé autrement.

Charlotte se targuait de ne jamais commettre d'erreur. Or, elle en avait fait une de toute première importance au cours de la nuit du nouvel an.

Sous aucun prétexte, elle n'aurait dû la finir dans le lit de Brando Ricci. D'accord, cela avait été fabuleux. Cependant, baisser la garde comme elle l'avait fait – renonçant à ses règles immuables – s'avérait lourd des conséquences les plus inattendues.

Maintenant qu'elle se retrouvait devant la demeure dudit Brando Ricci, elle ne pouvait s'empêcher de redouter le moment où elle lui ferait face. C'était un homme brillant, influent, perspicace, doté d'un incroyable pouvoir de séduction. Avec lui, elle avait éprouvé des choses qu'elle n'avait jamais connues jusque-là. Et cela, dès l'instant même où il l'avait entraînée sur la piste de danse.

Alors, lorsqu'il l'avait portée jusqu'à sa chambre, c'étaient des émotions prodigieuses qui l'avaient submergée. Bien qu'elle ne soit plus vierge, Charlotte avait vécu quelque chose d'unique, de véritablement divin. Jamais elle n'avait imaginé que faire l'amour puisse être aussi sensationnel.

C'était dans un état second, complètement sous le charme, qu'elle avait repris l'avion pour la Californie, le lendemain.

Heureusement, une énorme distance les séparait, Brando et elle, interdisant les rendez-vous impromptus. Charlotte avait regagné ses pénates avec la ferme intention d'oublier l'émerveillement d'une nuit passée dans les bras d'un homme capable de donner à une femme le sentiment d'être exceptionnelle.

Par chance, ils n'auraient pas l'occasion de se retrouver pour un dîner, ou une escapade amoureuse. Ils s'étaient autorisé une fugace aventure, et pour autant qu'elle en garde un souvenir ébloui, elle n'allait pas perdre la tête. Même si Brando était l'homme le plus sexy, le plus sensuel, le plus fascinant de la planète.

Elle avait beau nourrir secrètement un très léger béguin pour le play-boy italien, Charlotte n'était pas suffisamment naïve pour ne pas se rendre compte qu'il était véritablement hors de sa sphère. D'ailleurs, c'était ce qu'elle lui avait dit lorsqu'il l'avait appelée pour l'informer de son passage à Los Angeles, et proposer qu'ils se retrouvent.

Le simple fait d'entendre sa voix au téléphone avait ravivé en Charlotte les souvenirs de cette nuit à Florence. Elle avait retrouvé la chaleur et la vigueur du corps d'athlète, revu la tête brune entre ses cuisses, revécu l'instant où Brando avait posé la bouche à l'endroit le plus sensible de son anatomie, pratiquement éprouvé les sensations que sa langue experte avait fait naître en elle, lorsqu'il avait trouvé le bouton commandant toutes ses terminaisons nerveuses. Elle s'était rappelé avoir fondu en larmes à l'instant où un orgasme foudroyant faisait vibrer tout son corps. Car Brando la soumettait à des émotions tellement intenses. Bien trop intenses, en fait.

Charlotte gardait un tempérament typiquement britannique. L'exaltation ne lui convenait guère. Elle ne concevait la passion qu'à petites doses. Ce que Brando suscitait en elle était bien trop… excessif. Vraiment, il n'y avait pas de place dans sa vie pour pareille chose. Elle n'était pas du genre à perdre le sens des réalités !

Tout cela la ramenait précisément à l'instant présent, où elle était plantée devant la porte de Brando Ricci, drapée dans un manteau très chic dont la coupe cachait habilement son secret.

Un secret qu'il lui fallait pourtant partager, car il n'était plus question de le dissimuler davantage. C'était une chose de faire comme si de rien n'était tant que cela n'était pas visible, une autre de continuer à faire semblant d'ignorer un petit ventre rond tout à fait repérable.

Ce qui était la raison pour laquelle Charlotte se préparait à une conversation qu'elle n'avait jamais imaginée. Elle prenait la pilule, Brando utilisait des préservatifs, et pourtant…

Le cœur de Charlotte suspendit ses battements, et elle exhala un profond soupir. Elle se força à inspirer calmement, avant d'appuyer à nouveau sur la sonnette. Avec un peu plus d'insistance que la première fois.

Lors de sa visite précédente en ces lieux, Brando avait failli lui faire croire au miracle. Sauf que les miracles n'existaient pas. Il n'y avait que des principes bousculés, des règles transgressées, et des conséquences fâcheuses.

Tout à coup, la porte d'entrée s'ouvrit sur une jeune femme à la longue silhouette de liane, à la crinière brune en bataille, aux lèvres carmin. Elle était nue sous un peignoir de soie blanche, tellement immatériel que l'on percevait distinctement, à travers, les deux aréoles sombres de ses seins.

Charlotte n'eut aucun mal à la reconnaître. Louisa, jeune top model argentine, avait pris d'assaut le monde de la mode.

— *Si ?* interrogea celle-ci d'une voix traînante, tout en

laissant le peignoir glisser le long de son épaule jusqu'à découvrir un sein insolent.

Mieux valait passer outre, décida Charlotte.

— *Brando è disponibile ?* demanda-t-elle en rassemblant les souvenirs des cours d'italien suivis dans son école suisse.

Détaillant la visiteuse de la tête aux pieds, Louisa afficha un sourire mutin.

— *È un po legato*, répondit-elle.

La mention du fait que le maître des lieux était *un peu retenu*, assortie du sourire satisfait de la ravissante, ne laissait planer aucun doute : la phrasc était à prendre au sens propre.

— Alors, auriez-vous l'amabilité de le libérer ? suggéra Charlotte d'un ton aussi affable qu'elle en était capable.

Puis elle entra, passant devant une Louisa interdite, et ajouta :

— Dites-lui que Charlotte Parks souhaite le voir. Je l'attends dans le grand salon.

Sans plus d'explication, elle se dirigea vers le salon d'apparat, à l'autre extrémité du hall dallé de marbre blanc. Dans son dos, elle entendit claquer la lourde porte, puis les pas de Louisa dans l'escalier montant vers le second étage où se trouvait la chambre de Brando. Charlotte ne l'avait pas oublié, puisque c'était là qu'il l'avait transformée en une masse tremblante de désir.

Dire qu'elle s'était imaginée capable de manœuvrer Brando aussi aisément qu'elle gérait ses propres affaires ! Le benjamin des Ricci était une force de la nature à ne pas sous-estimer.

Pour l'instant, ladite force de la nature – et son mètre quatre-vingt-dix – pénétrait dans le salon. Fort heureusement, il avait pris la peine de se vêtir. Avec une élégance décontractée qui le rendait particulièrement irrésistible. Un blue-jean délavé épousait étroitement ses cuisses musclées, et un pull-over en cachemire, au col en V, ne laissait rien ignorer des méplats de son torse puissant. Le gris argent du lainage formait un accord parfait avec les prunelles couleur d'acier, et s'associait à merveille à la chevelure de jais.

Charlotte fut frappée de constater qu'il était encore plus séduisant que dans son souvenir. Elle avait oublié qu'il était aussi grand, aussi bien bâti. La brusque accélération de son cœur n'aida pas à ce qu'elle retrouve sa sérénité d'esprit.

Le triangle de peau visible à la base du cou bronzé lui rappelait trop ce que c'était d'être nue contre cet épiderme de satin. Brando n'était pas seulement pourvu d'un corps de rêve, il savait aussi s'en servir avec virtuosité. Lorsqu'elle l'avait senti bouger en elle, le sentiment de bien-être qu'elle en avait conçu dépassait largement tout ce qu'elle avait expérimenté jusque-là.

Il ne s'était pas seulement agi de plaisir physique. Le sentiment de paix et de plénitude qu'il lui avait procuré avait même surpris Charlotte, car elle n'ignorait rien de sa réputation de bourreau des cœurs, semant sur son passage les malheureuses éplorées. L'homme était connu pour refuser mordicus toute forme d'engagement.

Aussi espérait-elle que la proposition qu'elle s'apprêtait à lui faire emporterait son adhésion pleine et entière. Comment ne serait-il pas soulagé de l'entendre affirmer qu'elle était décidée à gérer la situation toute seule ?

— Charlotte ! lança-t-il en s'approchant pour l'embrasser sur les deux joues. Qu'est-ce qui t'amène à Florence ?

Elle lui sourit, et répondit :

— Rien d'autre que toi. J'espère que je ne tombe pas trop mal…

Brando lui retourna un sourire amusé, manifestant qu'il savait qu'elle savait.

— Asseyons-nous, offrit-il en désignant de la main les fauteuils cossus.

— Je te remercie, répondit-elle, s'installant en face de lui.

Leurs sièges étaient un peu trop rapprochés à son goût, mais Charlotte ne demandait pas mieux que de se poser un moment. Son cœur continuait à battre la chamade, et toute son assurance l'avait désertée maintenant qu'elle se trouvait face à Brando.

C'était un personnage plus grand que nature, à l'énergie fascinante. Dans sa propre famille, elle avait l'habitude de fréquenter des personnalités remarquables. Pourtant, jamais elle n'avait rencontré d'individu débordant d'une telle masculinité, de pareille puissance charnelle.

Six mois auparavant, dans cette même demeure, il l'avait plus qu'impressionnée par sa virilité.

À y repenser, Charlotte fut envahie par une vive chaleur, et son estomac enregistra un étrange soubresaut. Ce n'était pas le moment de revivre en pensée des instants aussi intenses. Brando était bien trop près d'elle, et sa petite amie l'attendait dans un lit, deux étages plus haut.

— Louisa va s'impatienter, dit-elle.

Le sourire dont Brando la gratifia exprimait une nonchalance complaisante.

— Louisa sait parfaitement s'occuper toute seule, répliqua-t-il.

Bien qu'il n'eût cessé de sourire, le regard argent s'était fait plus pénétrant, entre les paupières mi-closes.

— Depuis quand es-tu en Italie ? demanda-t-il.

— Seulement aujourd'hui. J'ai juste déposé mes bagages à l'hôtel.

— Tu étais à ce point désireuse de me voir ?

— Je ne savais pas si je te trouverais ici, ou bien si tu étais à la campagne. Si tel était le cas, j'avais prévu de louer une voiture pour t'y rejoindre.

— Tu as de la chance : je pars demain.

Un instant, il demeura silencieux, son regard gris la détaillant avec attention.

— Tu as l'air en forme, conclut-il.

— Merci. Je me porte bien, en effet.

Indécise, Charlotte ne savait comment formuler ce qu'elle avait à dire. Le discours maintes fois répété s'était évaporé de son esprit. Elle s'était persuadée que Brando ne ferait que peu de cas de la nouvelle qu'elle allait annoncer, qu'il serait soulagé d'entendre qu'elle prévoyait de tout gérer elle-même. Or, voilà qu'elle n'était plus certaine de ce scénario. Son cœur battait de plus en plus vite, et l'anxiété courait sous sa peau.

— Puis-je ôter mon manteau ? demanda-t-elle. Il fait terriblement chaud.

— Bien sûr. Tu es toute rouge, en effet.

Sauf qu'à la seconde où elle quitterait le vêtement, Brando découvrirait le pot aux roses. Les mains tremblantes, Charlotte hésita. Toute assurance l'avait abandonnée.

Que se passerait-il si les choses ne se déroulaient pas comme elle l'avait prévu ? Si Brando…

Allons, se morigéna-t-elle, à quoi bon se torturer l'esprit ? Brando était un célibataire endurci. Un play-boy patenté. Il n'était pas du bois dont on fait les pères de famille. Quant aux détails domestiques, il ne leur accorderait certainement que peu d'attention.

— Charlotte ? Tu es sûre que ça va ?

Vas-y, lance-toi. Dis-lui.

Au lieu de quoi, la bouche sèche, le cœur battant, Charlotte déboutonna lentement son manteau, puis le fit glisser le long de ses bras, avant de le laisser choir sur l'accoudoir du fauteuil.

Le fin lainage émeraude de sa robe épousait étroitement sa frêle silhouette, mettant en évidence son ventre rond. Au même instant, le bébé donna un vif coup de pied et elle plaqua une main à cet endroit, ne sachant trop si c'était l'enfant qu'elle tâchait d'apaiser ou bien elle-même.

— Je suis enceinte de six mois, dit-elle d'une voix posée. C'est une grossesse facile, sans la moindre complication.

Elle s'interrompit, prenant une petite inspiration, avant de se lancer à nouveau :

— Jusqu'à ces dernières semaines cela ne se voyait pas du

tout. Je me suis arrondie d'un seul coup. Il n'est plus possible de cacher la vérité.

— Dois-je te féliciter ?

— Oui, si tu t'inclus dans les félicitations.

La repartie de Charlotte fut suivie de quelques secondes de silence. Puis, Brando demanda :

— Serait-ce ta manière de m'informer que je suis le père ?

— Exactement.

— Et tu en es certaine ?

— Oui.

Le regard gris acier soutint longuement celui de Charlotte. Elle n'y lut aucun jugement, aucune critique. Pas une once de stupeur, ou même de déception.

— Pourtant, nous avons pris toutes les précautions nécessaires, observa Brando.

Charlotte se redressa sur son fauteuil, les épaules droites, avant de répondre :

— Il semble que nous ayons conçu un petit être particulièrement résolu à venir au monde.

— Un enfant doté d'une irrévocable détermination, si je comprends bien.

Le sourire dont Charlotte gratifia Brando méritait certainement le qualificatif d'enjôleur. Elle avait conscience qu'ils en étaient à échanger les premières passes d'armes.

— C'est un trait de caractère tout à fait appréciable, non ? fit-elle d'un air malicieux.

— Je suis d'accord.

Brando eut une hésitation manifeste avant de poursuivre :

— Est-ce que tu t'es posé la question d'une interruption de grossesse ?

Le regard de Charlotte se fit circonspect.

— Non, répondit-elle. Tu aurais préféré cela ?

— Je suis italien, et catholique. Par conséquent, la réponse est non.

— Pour ma part, je ne suis ni l'un ni l'autre. Néanmoins, je n'ai jamais envisagé un avortement.

Le regard de Brando se vrilla au sien.

— Donc, tu es venue me mettre au courant, dit-il.

— Oui.

Pointant le menton vers son interlocuteur, Charlotte se félicita d'avoir réussi à répondre d'une voix ferme. Aussi longtemps qu'elle garderait son calme, les choses se dérouleraient au mieux. Il suffisait qu'elle laisse à Brando le temps de surmonter le choc.

— Il m'a semblé préférable de te l'annoncer de vive voix, dit-elle. Tu es en droit de savoir. J'ai pensé que ce n'était pas juste de prendre toutes les décisions de mon côté sans te consulter.

Brando haussa un sourcil.

— Pourtant, tu ne l'as pas fait jusqu'à présent, opposa-t-il.

— C'est ce que je rectifie en ce moment.

Un lourd silence s'installa. Plus il se prolongeait, plus Charlotte sentait le sang pulser presque douloureusement dans ses veines.

— Apprendre que j'étais enceinte a été un choc qui m'a assommée, reprit-elle après quelques instants. Cela ne faisait pas partie de mes plans. Il m'a fallu quelques semaines pour y voir clair dans mes sentiments. À présent, je suis très heureuse d'être bientôt mère.

— Et pourquoi es-tu venue me trouver ? Dans quel but ? Tu as besoin d'argent ? D'un soutien financier ?

— Pas du tout !

— Alors, quoi ? Pourquoi es-tu là ?

Pourquoi ? Pour lui offrir exactement ce dont il ne voulait pour rien au monde : l'opportunité de devenir père. Charlotte avait prévu de proposer à Brando de partager l'éducation de leur enfant, puis d'amener avec tact qu'elle était fort capable de se débrouiller seule. Il ne pourrait qu'être soulagé et accepter.

Brando avait d'immenses qualités, aussi bien physiques

qu'intellectuelles. Néanmoins, il n'était nullement prêt à se fixer. Sa sœur, Livia, ne l'avait-elle pas maintes fois répété ? Celle-ci ne cessait de dépeindre son jeune frère comme le rebelle de la fratrie, celui qui avait le moins l'esprit de famille, tant il était attaché à son indépendance.

Ce que Charlotte comprenait parfaitement, car elle-même y accordait la plus extrême importance.

— Je suis venue te proposer de tenir ton rôle de père, répondit-elle avec calme. À condition que tu y trouves un quelconque intérêt. Toutefois, si tel n'était pas le cas, je me chargerais seule de l'éducation de cet enfant. Cela dit, je tiens à ne pas te priver de tes droits, et je suis disposée à t'inclure dans toutes les prises de décisions, si tel est ton souhait.

— Lorsque je me suis rendu à Los Angeles, il y a quelques mois, tu te savais enceinte ?

— Oui.

— Pourquoi ne m'avoir rien dit, alors ?

— C'était au tout début de la grossesse, et je risquais encore une fausse couche. C'est arrivé à plusieurs de mes sœurs, qui m'ont affirmé que c'est fréquent avant la fin du premier trimestre.

— J'en conclus que ta famille est au courant.

— Pas du tout. J'ai réussi à leur cacher mon état jusqu'à maintenant.

— Pourquoi ne leur avoir rien dit ?

— Cela ne les concerne pas.

À cet instant, l'enfant bougea et Charlotte posa la main à l'endroit où elle avait perçu un mouvement fugitif. Ensuite, elle ajouta :

— De toute façon, la seule personne avec qui il était important que je partage l'information, c'est bien toi, non ?

Charlotte Parks était tout aussi ravissante que lorsque Brando l'avait vue pour la dernière fois, nue dans le grand lit où il venait de lui faire l'amour, ses longs cheveux blonds étalés sur les oreillers, la bouche gonflée par les baisers.

Ce matin, par contre, elle affichait une attitude des plus distante. Ce qui n'empêchait pas qu'elle ait une mine rayonnante. La grossesse lui allait à ravir. Sa peau était encore plus lumineuse. Ses prunelles, d'un bleu plus vif, brillaient avec une intensité étonnante. Sa longue chevelure blonde resplendissait dans la lumière des hautes fenêtres.

Lorsque Louisa avait annoncé à Brando qu'une visiteuse le réclamait, il avait haussé un sourcil incrédule. Puis, la découverte qu'il s'agissait de Charlotte l'avait intrigué.

Charlotte Parks, la fascinante beauté qui s'était transformée en une véritable fontaine de plaisir, lorsqu'il l'avait mise dans son lit.

Sauf que, pour l'instant, Brando ne la considérait pas avec le même enthousiasme. À en croire ce qu'elle venait de lui annoncer, elle portait son enfant.

Ce n'était pas la première fois que Brando était confronté à pareil scénario. Quelques années auparavant, il avait été sauvé par un test de paternité qui s'était, fort heureusement, révélé négatif.

Et aujourd'hui... Eh bien, aujourd'hui, Brando ne savait trop que penser. Il laissa son regard errer sur la chevelure dorée, les hautes pommettes aristocratiques, puis les rondeurs de la poitrine et du ventre tendant le fin lainage de la robe. Pour aussi éclatante qu'elle paraisse au premier regard, Charlotte n'était pas aussi sereine qu'elle cherchait à le laisser croire.

— Tu n'as pas eu trop de mal à garder le secret ? demanda-t-il.

Elle haussa les épaules.

— Non. Je ne suis pas du genre à avoir besoin de conseils avant de faire des choix. Tout ce qu'il me fallait, c'était un peu de temps pour envisager l'avenir. C'est ce dont je suis venue discuter.

— Certes, mais tu reconnaîtras que la situation est nouvelle pour moi.

Brando vit se colorer le ravissant visage. Charlotte baissa la tête un instant, puis elle pointa vers lui un menton volontaire, et vrilla son regard au sien.

— Je l'admets, fit-elle. Et je me suis dit que tu voudrais certainement effectuer un test de paternité. Aussi ai-je déjà pris rendez-vous dans une clinique. Si cela ne te dérange pas, je souhaiterais que nous fassions cela dès aujourd'hui. Le plus tôt nous aurons les résultats, le mieux ce sera.

— Et si je suis effectivement le père de cet enfant ?

— Tu l'es. Mais, ne t'inquiète pas, j'ai tout prévu. Je n'attends rien de ta part. À vrai dire, ta vie ne subira aucun changement. J'ai juste tenu à être correcte à ton égard, et…

Le rire sonore de Brando fit marquer une pause à Charlotte. Elle lui lança un regard sévère, haussant des sourcils à l'arc impeccable, tandis que la rougeur de ses pommettes s'intensifiait.

— Je ne cherchais pas à être drôle, lança-t-elle sèchement.

— Peut-être, mais je trouve assez plaisant de t'entendre dire que rien ne changera dans ma vie. *Bella*, tout va changer. Et ça a déjà commencé, puisque je vais devenir père.

— Tu n'y es pas obligé… Cela me convient parfaitement de m'occuper seule de mon enfant.

— Ce qui serait envisageable s'il ne s'agissait également du *mien*. Mais s'il s'avère que tel est le cas, j'ai tout à fait l'intention de m'en occuper moi aussi.

La bouche de Charlotte s'arrondit, puis elle pinça les lèvres. Son regard erra vers les hautes fenêtres encadrées de rideaux de soie. Tout à coup, elle paraissait anxieuse, et semblait hésiter à répondre.

— Je suis surprise que tu prennes les choses aussi bien, dit-elle enfin, reportant sur Brando le double faisceau limpide de ses prunelles azurées. Nous avons passé une seule nuit ensemble. Ce ne devait être qu'une passade. Malgré tout, tu sembles décidé à te jeter tête baissée dans la paternité.

— J'ai toujours pris les précautions propres à éviter ce genre de situation. Néanmoins, nous nous trouvons à un tournant décisif de nos vies. Ce n'est pas une tragédie. Nous sommes adultes et autonomes. Rien n'empêche que nous offrions un foyer stable et harmonieux à notre enfant.

De nouveau, la bouche de Charlotte s'ouvrit puis se referma. Écarlate, elle ouvrit des yeux ronds.

Brando comprit qu'il la prenait au dépourvu. Qu'avait-elle imaginé ? Qu'il se laverait les mains de toute l'affaire ? Qu'il se désintéresserait de son propre enfant ?

— À moins, ajouta-t-il, que cet enfant ne soit pas le mien.

Déjà, par le passé, une femme avait essayé de le berner.

— Je te garantis que tu es le père. Mais je comprends que tu aies du mal à le croire. C'est pour cela que le test doit être fait au plus tôt. Je ne suis à Florence que pour le week-end. Dès lundi, je prends l'avion pour une semaine en Angleterre. Nous aurons les résultats en trois jours. Cela permettra que je repasse ici, avant mon retour en Californie, pour signer les documents me donnant la garde de l'enfant.

— *La garde de l'enfant ?* répéta Brando, comprenant que Charlotte avait véritablement tout planifié.

— Oui, il ou elle vivra avec moi.

Le ton péremptoire fit monter la moutarde au nez de Brando.

— Je pense que nous avons à discuter de certaines choses, dit-il.

— Tu peux être entièrement rassuré, Brando. Je saurai garder le secret. Cette histoire ne concerne que toi et moi.

Brando haussa un sourcil.

— Est-ce à dire que cet enfant ignorera que je suis son père ? lança-t-il.

— Parce que tu tiens vraiment à lui servir de père ?

— Je ne comprends pas le sens de ta question, *cara*. Si

j'ai quelque chose à voir dans la conception de ce bébé, je *suis* bel et bien son père. Que cela te plaise ou non !

De nouveau, Brando vit le rouge monter aux pommettes de Charlotte.

— Je suppose que c'est effectivement le point dont il nous faut discuter, dit-elle.

Envisageait-elle sérieusement de le mettre sur la touche ? se demanda Brando. Ne voyait-elle en lui qu'un donneur de sperme ? Un instant, il fut à deux doigts de se mettre en colère, puis il se contint.

— Il serait préférable que nous abordions toutes ces questions à un autre moment, observa-t-il. La présence de Louisa n'est pas indispensable.

Charlotte leva les yeux vers le plafond, comme si elle s'attendait à trouver la jeune femme suspendue aux pendeloques de cristal du grand lustre.

— Tu as raison, répliqua-t-elle en enfilant son manteau.

Elle fourragea dans son sac à main dont elle sortit une carte qu'elle tendit à Brando.

— Tiens, ajouta-t-elle, voici l'adresse de la clinique. Moi-même je dois m'y rendre en sortant d'ici. Ils peuvent te recevoir dès cet après-midi. Est-ce que cela te sera possible ?

— Oui. Je ne vois aucune raison de différer ce test.

Charlotte se leva et glissa son sac à main sous son bras.

— Je te remercie, fit-elle. Et je te prie de m'excuser pour avoir débarqué chez toi sans prévenir. J'aurais dû penser que tu pouvais avoir de la compagnie.

— Pas de problème. Ce que tu avais à me dire était de toute première importance.

Rien n'aurait pu être plus important que cela, songea Brando. De même qu'aucune femme n'aurait pu lui inspirer un désir aussi fort que celui qu'il ressentait pour Charlotte Parks. Existait-il seulement plus belle femme à la surface de la Terre ?

Il l'avait désirée dès leur première rencontre. Et elle avait eu beau lui battre froid, il ne s'était jamais découragé. Tout au moins, pas jusqu'à ce qu'elle retourne à Los Angeles, manifestement déterminée à l'oublier.

À son tour Brando se leva pour raccompagner Charlotte à la porte.

— Où es-tu descendue ? s'enquit-il.

Elle lui donna le nom d'un hôtel cinq étoiles, dont les chambres luxueuses donnaient sur le fleuve Arno.

— Je vais t'appeler un taxi, offrit-il.

— Merci, mais je préfère marcher, répondit-elle avec un petit sourire contraint. L'air frais va me faire du bien, et cela me permettra peut-être de travailler un peu.

— Tu travailles encore à ce stade de ta grossesse ? Cela ne présente pas de risque pour le bébé ?

Cette fois, ce fut avec un sourire amusé qu'elle lui répondit :

— Non, tout va bien. Et puis, travailler est ce que je réussis le mieux.

Le bébé. Tandis qu'elle regagnait son hôtel à pied, c'était avec une émotion un peu douloureuse que Charlotte se remémorait la façon dont Brando avait dit cela.

C'était étrange de parler de sa grossesse. Jusque-là, elle avait gardé l'information pour elle, abritant le secret au tréfonds de son être tout comme elle portait son enfant, tout près de son cœur, soucieuse des réactions qu'elle allait susciter en révélant la vérité.

Pourtant, il ne lui avait fallu que quelques minutes pour mettre Brando au courant. Or, celui-ci avait traité l'information avec un flegme imperturbable qui avait fini de mettre à bas les murailles érigées par elle autour du mystère.

Elle poursuivit son chemin d'un pas alerte, se réjouissant que cette petite marche lui offre l'occasion de mettre un peu d'ordre dans ses pensées et ses sentiments.

Au cours des mois passés, elle avait cru que ses seules

préoccupations tournaient autour de sa grossesse, de la perspective de se retrouver bientôt mère célibataire. Sauf que la rencontre avec Brando avait eu raison d'un pareil faux-semblant. En le revoyant, Charlotte s'était sentie mise à nu, troublée, incroyablement vulnérable.

Elle n'était pas le moins du monde amoureuse de cet homme, et pourtant…

Pourquoi était-elle à ce point chamboulée ?

Elle avait les nerfs à vif. C'en était presque douloureux.

Brando s'était montré d'une parfaite amabilité en dépit du choc qu'elle venait de lui infliger. Le malaise qu'elle ressentait était donc sans fondement. Elle était reconnaissante qu'il lui eût épargné toute démonstration de pathos. C'était sans façon qu'il avait accepté le test de paternité. Cela semblait même louche ; trop beau pour être vrai.

Se pouvait-il que, en état de choc, Brando soit bien plus ébranlé que son calme apparent ne le laissait soupçonner ?

À moins qu'il ne la croie pas, et qu'il attende les résultats du test pour se confronter à elle… Mais peut-être était-il déjà passé à autre chose, rejoignant Louisa dans son lit en toute insouciance…

Charlotte se sentit blêmir, et son estomac se souleva.

Pourquoi diable avait-il fallu que Louisa soit présente chez Brando ?

À peine fut-il sorti de la clinique que Brando appela Charlotte. Elle répondit au bout de quelques sonneries.

— C'est Brando, fit-il. Je te dérange ?

— Non. J'essayais juste de rédiger un communiqué de presse, mais je n'arrive pas à me concentrer. Je n'ai pas très bien dormi dans l'avion.

— Tu devrais faire une petite sieste.

— Peut-être.

— Est-ce que tu as des projets pour la soirée ? Je pensais t'inviter à dîner. Qu'en penses-tu ?

— Tu as fait le test ?

— À l'instant même. Nous aurons les résultats dès demain.

— Comment est-ce possible ? On m'avait parlé de trois jours d'attente.

— Sauf si tu es prêt à payer le prix…

— Ah !

Brando ne manqua pas de percevoir la pointe de désapprobation dans la voix.

— Alors, ce dîner ? insista-t-il.

— Que va en penser Louisa ?

— Je m'en moque bien.

— Brando !

— Ne pourrions-nous pas nous intéresser à autre chose ? Tu débarques pour m'annoncer que tu es enceinte de six mois. Tu ne crois pas qu'il serait temps que nous ayons une franche discussion à ce sujet ?

2.

Brando suivit Charlotte du regard tandis qu'elle traversait le hall de l'hôtel. Son élégante tenue – pantalon cigarette noir, et tunique blanche – dissimulait avantageusement la rondeur de son ventre.

Tout à coup lui revint en mémoire une autre grossesse, avec une autre femme. Quelques années auparavant, c'était avec horreur qu'il avait appris que celle avec laquelle il avait eu une très éphémère relation se prétendait enceinte de lui.

Brando avait mis un terme à leur liaison lorsqu'il s'était rendu compte que la beauté pétillante et enjouée par laquelle il s'était laissé séduire n'était que la façade dissimulant une personnalité instable, amère, manipulatrice. Il avait été terrifié à l'idée que cette femme puisse élever un enfant qu'il aurait conçu. Pourtant, il s'était engagé à prendre soin des deux, s'il s'avérait qu'il était véritablement le père…

Fort heureusement, le test de paternité avait prouvé qu'il n'en était rien. Adele avait protesté en pleurant, affirmant qu'il ne pouvait s'agir que d'une erreur du laboratoire.

Or, voilà qu'aujourd'hui il se trouvait dans une situation analogue.

Néanmoins, il n'y avait rien de commun entre Adele et Charlotte. À vrai dire, Brando n'avait pas besoin d'attendre les résultats du test pour savoir que cette dernière ne mentait pas. Jamais elle ne serait venue le trouver, si elle n'avait pas été certaine qu'il fût le père. Charlotte avait une fortune personnelle, et elle menait une brillante carrière. N'avait-elle pas dit qu'elle n'attendait rien de lui, et prévoyait d'élever seule son enfant, en Californie ?

Sauf que Brando n'était nullement prêt à se laisser mettre sur la touche.

Il s'avança vers Charlotte qu'il accueillit avec un baiser sur la joue.

— Tu es ravissante, dit-il.

Elle se raidit, lui jetant un coup d'œil soupçonneux.

— Dispense-toi de compliments, répliqua-t-elle. Ceci n'est pas un rendez-vous galant.

— Tu préférerais que je te félicite pour ta ponctualité ? railla Brando.

— Exactement.

— Eh bien, à ce sujet, nous ferions mieux de nous presser. Nous avons une réservation dans dix minutes. Le restaurant n'est pas très loin. Tu te sens en état de marcher, ou préfères-tu que nous prenions ma voiture ?

— Je ne demande pas mieux que d'y aller à pied.

— C'est parfait. J'espérais cela.

D'une main posée au creux des reins de Charlotte, Brando la dirigea vers la porte de l'hôtel, où il confia les clés de son coupé sport au voiturier.

La sensation de la grande main ferme au creux de ses reins avait quelque chose de grisant. Tout comme le parfum délicat qui avait titillé les narines de Charlotte lorsque Brando avait posé un baiser furtif sur sa joue. La caresse des lèvres chaudes, combinée aux effluves épicés, lui avait presque coupé le souffle.

Cet homme était la parfaite incarnation du péché. Et si elle n'y prenait garde, il pouvait fort bien la mener à sa perte.

— Où allons-nous dîner ? s'enquit-elle pour trouver un sujet de conversation.

Le nom qu'il lui donna était inconnu de Charlotte. Pendant

quelques minutes, ils cheminèrent en devisant sur la cuisine toscane. Pour aussi banale et superficielle que soit cette discussion, elle avait au moins l'avantage de les détourner de ce qui les préoccupait tous deux : le bébé à naître, et les dispositions à envisager pour l'avenir.

— Crois-tu vraiment que nous aurons les résultats du test dès demain ? demanda-t-elle, levant les yeux vers Brando.

— D'après ce que l'on m'a dit, il se pourrait même que nous les recevions ce soir. Cela t'inquiète ?

Charlotte n'avait pas le moindre doute quant à la paternité de Brando. Mais elle comprenait qu'il ne puisse se fier à sa seule parole. Après tout, elle ne s'était guère montrée farouche lors de cette fête de nouvel an. Il pouvait fort bien imaginer qu'elle était coutumière de tels comportements.

Elle s'arracha à ses réflexions.

— Tu veux parler des résultats ? Non, pas du tout. C'est plutôt le fait de te revoir qui me déstabilise.

— Tu n'avais pas l'intention de reprendre contact avec moi, n'est-ce pas ?

De nouveau Charlotte leva les yeux vers le remarquable profil.

— Non, répondit-elle sans détour. Je ne mélange jamais plaisir et travail, tu le sais. Par conséquent, j'avais décidé qu'il était préférable que je ne te fréquente plus.

— Pourquoi avoir couché avec moi, alors ?

— Je me suis dit que, pour une fois, je pouvais m'accorder une petite récréation. J'aurais dû penser qu'il y a toujours des conséquences à nos actes, et…

Elle s'interrompit brusquement car son pied avait buté sur l'un des pavés disjoints. Brando la retint en passant un bras ferme autour de sa taille.

— Je te tiens, fit-il.

C'était le moins que l'on puisse dire ! Charlotte avait l'impression que le bras musclé marquait sa taille au fer rouge. C'était comme si les longs doigts envoyaient des décharges électriques dans tout son corps. Sentir Brando si proche était incroyablement troublant. Cela mettait toutes ses terminaisons nerveuses en alerte, et c'était exactement le contraire de ce dont elle avait besoin. Elle avait l'impression d'être assise sur un baril de poudre, et il s'en fallait de peu qu'il n'explose.

— Je me sentirais plus solide sur mes jambes si tu me lâchais, dit-elle en s'immobilisant. C'est de marcher si près de toi qui me fait chanceler. J'imagine que le fait d'être enceinte modifie mon centre de gravité.

Brando eut l'air sceptique.

— C'est à peine si je te touchais, protesta-t-il.

Une onde brûlante envahit Charlotte. Soudain lui revenait le souvenir de cette nuit où il avait promené ses grandes mains sur tout son corps, lui procurant un ineffable plaisir.

Brando élevait l'amour physique au rang d'un art. Avec lui, Charlotte avait vécu une expérience transcendantale.

— Il n'en reste pas moins que cela me perturbe, répliqua-t-elle.

Elle s'en voulut de la brutalité de sa repartie, aussi ajouta-t-elle :

— Tu devrais prendre cela comme un compliment. J'ai beau être enceinte de six mois, il semble que je ne puisse pas m'empêcher de réagir à ta proximité.

Aussitôt Brando vint se placer en face d'elle.

— Ce que nous avons partagé était fabuleux, non ? fit-il.

— Trop pour être vrai.

Ils étaient plantés au beau milieu du trottoir, et Charlotte se rendit compte que les passants les évitaient. Certains reconnaissaient Brando, le saluant d'un signe de tête.

— Nous ferions mieux d'avancer, reprit-elle.

Cinq minutes plus tard, ils arrivèrent à un bâtiment caché au fond d'une ruelle, à l'écart de l'une des places les plus populaires de la ville. Un escalier les mena à une cave décorée de fresques, au sol de terre cuite, aux poutres ornées de dessins aux coloris bleu, rouge et or. Il n'y avait qu'une dizaine de tables, placées dans des box séparés les uns des autres par de lourdes draperies de velours rouge, éclairés par le kaléidoscope de couleurs des lustres en verre de Venise.

On les installa à la table la plus reculée, à l'abri des regards. Soulagée de s'asseoir sur la confortable banquette de brocart bleu nuit – elle ne tenait plus sur ses escarpins –, Charlotte s'étonna de sentir son pouls s'affoler, et une nuée de papillons battre des ailes au creux de son estomac.

— Je ne m'attendais pas à ce que les choses soient faciles, déclara-t-elle sans ambages, mais je n'imaginais pas non plus que ce serait aussi difficile.

— Est-ce moi qui te crée des problèmes ?

— Non. Pourtant, cela n'empêche pas que je sois perturbée.

— Qu'est-ce qui te bouleverse tant ?

Comment expliquer à Brando ce qu'elle ressentait ? Ce n'était même pas clair pour elle.

Lorsqu'elle avait décidé ce voyage, ce n'était nullement dans l'espoir que Brando lui déclare sa flamme. Ils avaient eu une aventure sans lendemain, et cela n'aurait jamais dû être autre chose.

Alors pourquoi était-elle à ce point hantée par l'image de Louisa lui ouvrant la porte dans ce peignoir transparent ? Ce qui torturait son esprit, c'était, tout bonnement, un sentiment de jalousie qui n'avait pas lieu d'être. Brando et elle n'avaient jamais été liés par quelque engagement que ce soit, ni aucun sentiment. Il était donc complètement ridicule qu'elle soit taraudée par un mélange de colère, d'énervement et de tristesse en repensant à Louisa.

C'était bien là ce qui la surprenait le plus. Pourquoi avait-elle traîné toute la journée cette incompréhensible tristesse ? Pourquoi se sentait-elle humiliée ? Comment était-il possible qu'elle en veuille à Brando ? Il ne lui appartenait pas !

— Je ne suis pas capable de lire dans tes pensées, *cara*. Tu ferais mieux de me dire clairement ce que tu as sur le cœur.

— C'est ridicule. Tu vas penser que je suis stupide...

Pendant quelques secondes, elle joua avec les verres posés devant son assiette, les disposant en une rangée ordonnée. Puis, elle jeta un coup d'œil vers Brando et reprit :

— Habituellement, je ne suis pas du genre à me laisser démonter. Pourtant, j'ai été ébranlée par la rencontre avec ton amie Louisa.

Charlotte s'interrompit, haussant les épaules, avant d'ajouter :

— Je suis désolée. Cela doit te sembler mesquin…

— Pas du tout ! Tu es enceinte, et terriblement seule…

— Ce n'est pas le problème. Je suis très heureuse à l'idée d'avoir un enfant. Simplement, lorsqu'elle m'a accueillie, j'ai compris que je n'aurais pas dû venir sans te prévenir.

— Ce n'est pas grave.

— J'imagine que Louisa est contrariée par cette grossesse.

— Je ne lui ai rien dit.

— Tu préfères attendre les résultats du test ?

— Je n'ai aucun doute quant à ce qu'ils seront. Mais personne n'a besoin d'être au courant, pour le moment.

Un soupir de soulagement monta de la poitrine de Charlotte.

— Merci, fit-elle. Je ne suis pas encore prête à ce que tout le monde sache.

— Tout à fait d'accord.

Soudain, une autre préoccupation vint troubler Charlotte.

— Mais, Brando, dit-elle, lorsque Louisa découvrira que tu lui as caché la nouvelle, cela va inévitablement provoquer un conflit entre vous.

— Je te rassure : il n'y a rien de sérieux entre elle et moi. Nous prenons simplement un peu de bon temps ensemble.

— Est-ce qu'il t'arrive parfois d'avoir des relations *sérieuses* ?

Brando haussa un sourcil.

— Le moment n'est peut-être pas le mieux choisi pour discuter de mes histoires sentimentales. Tu ne crois pas ?

— Tu as raison. C'est certainement plus que je n'en pourrais supporter.

Charlotte avait assorti sa remarque d'une grimace qui arracha à Brando un rire de gorge, rauque et profond.

— Avant de passer à autre chose, je te répète qu'il n'y a rien d'important entre Louisa et moi. D'ailleurs, elle sait que je dîne avec toi ce soir. De même que je n'ignore pas qu'elle est en bonne compagnie de son côté. Donc, tu n'es pas en train de marcher sur ses plates-bandes.

— Ce n'est pas l'impression que j'ai eue lorsqu'elle est venue m'ouvrir en petite tenue.

— Louisa a une tendance à l'exhibitionnisme. Elle adore qu'on la regarde. Oublions cela ! Tu as fait un long voyage pour venir discuter avec moi du partage de la responsabilité parentale…

— C'est comme cela que tu vois les choses ?

— Je suis le père de cet enfant, non ?

Charlotte avait l'impression qu'un étau enserrait sa poitrine. La panique la gagnait. Ce fut avec peine qu'elle parvint à retrouver une respiration normale.

Reste calme. Reste calme. Reste calme.

— C'est-à-dire, reprit-elle, que tu mènes une vie de célibataire endurci et…

— Toi aussi, tu vis seule, que je sache.

— Sauf que je ne couche pas à droite à gauche, *moi.*

Horrifiée par ce qu'elle venait de dire, Charlotte s'interrompit brutalement et considéra Brando avec des yeux ronds, regrettant de ne pouvoir ravaler ses paroles.

— Excuse-moi ! murmura-t-elle. Le problème, c'est plutôt que nous vivons à des milliers de kilomètres l'un de l'autre, et qu'il n'est pas question de faire traverser l'Atlantique dans tous les sens à un bébé.

Dans le silence qui suivit, Charlotte sentit tout le poids de l'accusation qu'elle venait de lancer au visage de Brando. Elle n'avait pas pris de gants pour lui reprocher ses aventures, le faisant presque passer pour un libertin. Et elle n'avait pas réussi à cacher combien cela la contrariait de savoir qu'il enchaînait les liaisons.

Il gardait un silence obstiné, la mettant de plus en plus mal à l'aise, la poussant à être sur la défensive, ce qu'elle détestait par-dessus tout.

— En tant que célibataire, tu as tout loisir de vivre comme bon te semble, reprit-elle. Je te demande pardon d'avoir formulé un jugement exagérément sévère.

— Est-ce la véritable raison pour laquelle tu as tant attendu pour m'informer de ta grossesse ?

Charlotte se contraignit à soutenir le regard gris acier.

— Non, protesta-t-elle, pas du tout. C'est juste parce que... j'avais du mal avec l'idée de partager la nouvelle.

— L'idée de partager la nouvelle, ou de partager ce bébé ?

Ce fut comme si elle avait reçu un coup en pleine poitrine. Charlotte prit une inspiration pour contenir la douleur qui lui vrillait le cœur.

— Je vis en Californie, fit-elle.

— Et moi en Italie, ne l'oublie pas.

Qu'est-ce que Brando voulait dire par là ?

— Dois-je comprendre que tu souhaites vraiment jouer un rôle dans la vie de cet enfant ? demanda-t-elle.

— Absolument. Aucun de mes enfants ne sera élevé loin de moi. Mon père s'est impliqué activement dans mon éducation, et j'entends faire de même.

De nouveau, Charlotte enregistra le choc, la gorge serrée, des larmes lui picotant les yeux.

— Comment peux-tu être certain d'être prêt à cela ?

— Échapper à mes responsabilités n'est pas dans mes habitudes.

Il eut un temps d'hésitation, puis poursuivit :

— Préférerais-tu que je demande la garde exclusive ?

— Non ! C'est hors de question !

— Mais, si je comprends bien, c'est une option que tu te réserves pour toi-même. Pourquoi ?

— Parce que c'est moi qui le porte.

— Ce qui n'existerait pas si l'un de mes spermatozoïdes n'avait pas trouvé le moyen d'atteindre ton ovule.

— Dispense-moi de tes cours de biologie !

— Et toi, cesse de chercher à m'évincer. Ce n'est peut-être pas *moi* qui porte cet enfant, mais j'éprouve le même intérêt que toi pour son avenir.

Abasourdie, Charlotte se demanda comment les choses avaient pris pareille tournure. Sous le choc, elle s'adossa à sa chaise, ne sachant trop que répondre.

Un garçon s'approcha avec une bouteille d'eau gazeuse qu'il posa sur leur table. Puis, après quelques mots échangés avec Brando, il retira les verres à vin posés devant eux. Un long silence s'installa. Charlotte sentait ses yeux lui brûler.

Six mois auparavant, elle avait fait l'amour avec Brando. Il en était résulté trois orgasmes inoubliables, et une conception tout à fait imprévue.

— Je n'ai rien voulu de cela, dit-elle doucement. Je n'ai jamais mêlé le plaisir au travail, jusqu'à ce que je te rencontre. Et voilà le gâchis dans lequel nous nous trouvons.

— Pourquoi y voir un gâchis ? Nous sommes deux adultes avisés, tout à fait capables de faire face à la situation, et de trouver la solution la plus adéquate pour répondre aux besoins du bébé. N'est-ce pas là le plus important ?

Cela allait sans dire, bien sûr ! Intérieurement, Charlotte se désola : la solution qu'elle proposait, Brando en faisait fi. Quant à celle qu'il préconiserait, elle subodorait que ce ne serait nullement à son avantage.

— Ne nous précipitons pas, dit-elle après une longue pause. Il reste trois mois avant l'arrivée du bébé. Cela laisse le temps d'étudier toutes les options qui s'offrent à nous. Ce qu'il faut éviter à tout prix, c'est de nous laisser guider par nos émotions plutôt que notre raison.

À travers la largeur de la table, Brando la dévisagea en plissant les yeux. Le scintillement des lampes se reflétait dans les prunelles argent. Ses hautes pommettes étaient soulignées par des ombres, et il ne souriait plus. Lèvres pincées, il serrait fermement les mâchoires.

— Le temps ne fera rien à l'affaire, répliqua-t-il. Ce qui est juste est juste. J'ai des devoirs à l'égard de cet enfant. La satisfaction de ses besoins passe avant toute autre chose.

— Tu viens seulement de découvrir ce qu'il en est. Cela m'inquiète de te voir réagir de manière aussi impulsive.

— Tu pensais que je reculerais devant mes responsabilités ?

— Je m'attendais à ce que tu sois plus hésitant. Cela m'a pris des semaines pour parvenir à la vision des choses qui t'est venue spontanément.

— Pour autant que j'aie toujours pris du plaisir à l'acte sexuel, je n'ai jamais oublié que sa fonction première est la procréation.

Le garçon revint et, au lieu de leur tendre une carte, énuméra les spécialités de la maison. Bien que Brando lui recommande le *bistecca alla Fiorentina*, Charlotte préféra des pâtes à la ricotta et aux épinards.

Une fois qu'il eut pris leur commande, l'homme se retira.

De nouveau, Brando la fixa intensément.

— As-tu vraiment pensé que j'accepterais que mon enfant soit élevé à l'autre bout du monde ? demanda-t-il.

— Je pensais que tu te montrerais plus indifférent. Que tu attendrais le résultat du test, et me laisserais patienter le temps de te faire à l'idée que je suis enceinte de toi.

— Est-ce que tu t'es demandé s'il pouvait être l'enfant d'un autre ?

La question se justifiait, et Charlotte se reprocha que cela la mette à cran. Ce fut sur un ton acerbe qu'elle rétorqua :

— Tu es le seul avec qui j'ai couché depuis plus d'une année.

Elle ne put ignorer le léger changement d'expression de Brando. Ses cils noirs vinrent en partie voiler son regard perçant.

— Comment est-ce possible ? dit-il.

— Je ne couche qu'avec ceux qui m'attirent vraiment.

Pointant le menton vers Brando, elle eut un sourire désabusé.

— Il faut croire que c'était le cas, en l'occurrence, ajouta-t-elle. Mais, au moins, cela évite les interrogations : toi seul peut être le père.

— Ce qui m'étonne, c'est que tu m'avais dit prendre la pilule, et j'ai utilisé des préservatifs à chaque fois que nous avons fait l'amour.

— Il faut croire que la pilule n'est pas fiable à cent pour cent.

— Ni les préservatifs, puisque nous avons conçu un bébé par surprise.

Levant les yeux vers Brando, Charlotte soutint son regard.

— J'ai l'intention de l'élever à Los Angeles, dit-elle. Ma maison a un joli jardin, et je suis près de l'océan, ce qui…

— Tu négliges le fait que je n'habite pas la Californie, *cara*.

Choisissant d'ignorer le terme affectueux, Charlotte retint son souffle.

— Tu pourrais acheter une maison près de la mienne, suggéra-t-elle. Cela te permettrait de voir notre enfant, et…

— Ou alors, je pourrais vous kidnapper, tous les deux, et vous garder captifs sur l'un de mes domaines.

Charlotte s'attendait à ce que Brando atténue cette remarque par un rire, ou un sourire. Il n'en fit rien.

— Tu ne ferais pas une chose pareille, dit-elle.

— Parce que tu ne m'en crois pas capable ?

Un spasme nerveux contracta les entrailles de Charlotte. Elle savait n'avoir rien à craindre de Brando. Simplement, ce qu'il signifiait par là était très clair : il tenait à faire valoir ses droits, et ne se laisserait pas mettre sur la touche.

— Je suis persuadée que tu ne te risquerais pas à commettre un acte illégal, répondit-elle en feignant un calme qu'elle était loin de ressentir. Cela aurait des conséquences néfastes pour tes affaires. Et nous savons, tous deux, combien tu as à cœur de préserver l'entreprise familiale, et de protéger la réputation de ta famille.

— Je serai encore plus protecteur à l'égard de mon enfant, n'en doute pas.

Une nouvelle fois le pouls de Charlotte s'emballa. Elle était au bord du malaise. Les choses ne se déroulaient pas du tout comme elle se l'était figuré.

— Toutes ces discussions ne mènent à rien, conclut Brando. Pourquoi ne prendrions-nous pas le temps d'une petite escapade à la campagne ? Cela nous permettrait de réfléchir tranquillement à comment gérer la situation.

— Je te rappelle que je suis attendue à Londres dès lundi.

— Tu aurais pu rester davantage en Italie, non ?

— Il me semblait que trois jours suffiraient pour t'informer de la situation et attendre les résultats du test. Mais rien ne se passe comme je l'avais prévu. Nous sommes déjà en train de discuter comme si nous connaissions les résultats.

— Mais nous les connaissons, Charlotte. Je suis le père.

— Ce qui ne signifie nullement que nous soyons obligés de régler tous les détails dès ce soir. Nous avons plusieurs mois devant nous pour…

— Non ! Il est hors de question que nous menions une négociation en étant de chaque côté de l'Atlantique. Je tiens à ce que nous arrivions à un accord tant que tu es ici. Ensuite, un notaire mettra tout cela noir sur blanc. Ainsi, notre arrangement deviendra légal et engagera chacune des parties.

— Je n'ai aucune intention de disparaître, Brando.

— Comment puis-je en être certain ?

— Tout simplement parce que je te donne ma parole.

— C'est un bon début. Mais je n'oublie pas que tu as attendu des mois pour me faire savoir que tu portais mon enfant.

— Je t'ai déjà dit que je n'avais pas la certitude de mener cette grossesse à terme.

Pendant un laps de temps qui parut interminable à Charlotte, Brando demeura silencieux. Puis, il lança :

— La vraie question est de savoir si tu es disposée à venir vivre en Italie.

— Pour quoi faire ?

— Tu n'envisages quand même pas de faire voyager un nourrisson en avion entre Los Angeles et Florence plusieurs fois par an ! Le vol doit durer au moins onze heures.

— C'est la raison pour laquelle notre bébé passera la première année auprès de moi, en Californie.

— Et que prévois-tu ? De me le confier la deuxième année ?

Charlotte ne put contenir un frisson.

— Non ! s'exclama-t-elle. Il est hors de question que je me sépare de mon enfant.

— Par conséquent, le mieux serait que tu t'installes ici pendant ses premières années. Tu peux mener ton activité professionnelle n'importe où. Ce qui n'est pas mon cas. Je n'ai pas la possibilité d'abandonner mes vignes.

— Tu as d'autres cordes à ton arc que la production de chianti, non ?

— Parlons clair, Charlotte ! Tu as tenu à m'informer que j'allais être père, mais tu refuses que je m'implique de quelque manière que ce soit. Tout ce que tu attends de moi, c'est que je te laisse gérer les choses à ta guise.

L'estomac noué, Charlotte serra les poings.

— Ce n'est pas ce que je dis, murmura-t-elle.

— Alors, comment est-ce que tu m'inclus dans le dispositif ? Quelle place m'accordes-tu, *cara* ?

La question de Brando resta sans réponse. Mais qu'est-ce que Charlotte aurait pu répondre ? Certainement pas quelque chose qui l'aurait satisfait. Petit à petit Brando comprenait mieux ce qu'elle avait en tête. Elle pensait s'être acquittée de son devoir en le mettant au courant, mais n'avait aucunement l'intention qu'il participe à l'éducation de leur enfant.

C'était une solution à laquelle Brando ne se résoudrait jamais. Néanmoins, il préféra changer momentanément de sujet de peur de la voir quitter les lieux.

Lorsqu'il l'interrogea sur une affaire qu'elle avait débrouillée au cours de l'hiver, Charlotte se détendit. Une fois qu'ils furent servis, la conversation faiblit.

— J'espère que tu es bien persuadé que j'aurais été incapable de te cacher l'existence de cet enfant, déclara-t-elle une fois qu'elle eut terminé son plat. J'avais juste besoin de me faire à l'idée que j'étais enceinte.

— Pourquoi ne pas m'avoir demandé de venir te voir en Californie ? Tu aurais pu me dire que tu avais besoin de moi.

Charlotte baissa la tête. Brando la vit rougir.

— Il n'est pas dans mes habitudes d'avoir besoin d'autrui, dit-elle après quelques secondes. Habituellement, ce sont les autres qui ont besoin de moi.

Tout à coup, la personnalité de Charlotte s'éclairait. Brando la comprenait mieux qu'il ne l'avait fait jusque-là.

Elle n'avait nullement l'intention de l'écarter, comme il se l'était figuré de prime abord. Tout simplement, elle était convaincue de mieux se débrouiller si elle ne comptait que sur ses propres forces. Ce n'était pas de l'arrogance. Juste sa manière de fonctionner, qui lui avait permis de réussir.

— Les gens ont une fichue tendance à se mettre dans le pétrin, et c'est moi qui les en sors, reprit-elle en esquissant un petit sourire. Je suis plutôt douée pour ça.

— C'est bien la raison pour laquelle nous avons fait appel à toi l'été dernier. Parce que tu étais quelqu'un d'exceptionnel.

C'était ce qui avait fasciné Brando : Charlotte était brillante, ravissante et passionnée.

Aujourd'hui, elle l'attirait tout autant. Néanmoins, il y avait quelque chose de changé, entre eux. Il n'était plus simplement question de sexe, mais d'engagement, de valeurs familiales. Désormais, Brando ne voyait plus Charlotte comme un objet de désir, mais comme la mère de son enfant.

— Même si cela te semble difficile à admettre, tu as besoin de moi, *cara*, dit-il. Et notre enfant aussi. Accepte mon aide. Et essaie de me faire un peu confiance.

— J'essaie, mais j'ai du mal.

— Tu dis que tu pars pour Londres ce lundi ?

— Oui.

— Nous sommes vendredi. Cela nous laisse tout le week-end pour discuter de l'avenir. Allons passer ces deux jours dans ma maison de campagne. Personne ne nous dérangera.

Brando vit l'hésitation se peindre sur le visage de Charlotte.

— Je ne suis pas sûre que ce soit une bonne idée, répliqua-t-elle.

— Tu n'as pas à redouter que je te fasse des avances.

— J'imagine que non, puisqu'il y a une autre femme dans ta vie. Mais il faut que les choses soient bien claires. Certes, je porte ton enfant. Mais cela ne signifie pas que je t'appartiens de quelque manière que ce soit. De même, tu ne m'appartiens nullement. Nous n'avons jamais été liés par une aventure amoureuse. Simplement, nous avons partagé une relation sexuelle, un point c'est tout.

— Où veux-tu en venir ?

— Coucher ensemble une nuit ne peut être mis sur le même pied que vivre une histoire d'amour. Par conséquent, il va m'être très difficile de nous imaginer un avenir commun autour de notre enfant. Même de manière épisodique. Et ne compte pas que je renonce à ce que je suis.

Un silence lourd s'installa. Chacun regardait dans des directions opposées, lorsque Brando empoigna brusquement son téléphone, cliqua sur l'écran et s'absorba dans la lecture d'un message.

— Je viens de recevoir les résultats, fit-il. Effectivement, je suis bien le père.

— Pour ma part, il n'y avait pas le moindre doute.

— Pour moi non plus. Mais c'est bien que nous ayons la confirmation officielle. On ne manquera pas de nous poser la question.

— Tu veux parler des membres de ta famille ?

— Bien évidemment. Ils voudront savoir.

— Je ne vois pas en quoi cela les intéresse.

— C'est là que tu te trompes, *cara*. Cela les concerne au premier chef. Un jour, mon fils ou ma fille rentrera dans l'entreprise. Toi qui as travaillé pour ma famille, tu devrais savoir qu'il ne peut en être autrement.

Une fois qu'il eut raccompagné Charlotte, Brando reprit sa voiture et regagna sa demeure. Lorsqu'il fut garé, il prit conscience de n'avoir aucune envie de se retrouver chez lui. Ses pensées étaient bien trop confuses, ses émotions tellement intenses qu'il en était bouleversé.

Il allait être *père* !

Cette fois, il ne s'agissait pas d'une tentative de manipulation. Charlotte portait véritablement l'enfant qu'ils avaient conçu ensemble.

À pied, Brando se dirigea vers les berges de l'Arno pour gagner le Ponte Vecchio.

Il connaissait Florence dans ses moindres recoins. C'était là qu'il avait grandi, comme son père avant lui, et son grand-père. Son fils ou sa fille y grandirait à son tour. À moins qu'il choisisse de l'élever dans le *castello*, planté au cœur de la vallée du Chianti.

Quel que soit son choix, cet enfant apprendrait à chérir la Toscane de ses ancêtres. De la même manière que Brando en chérissait la terre, les vignes.

C'était cela, être un Ricci.

De la passion. De la ténacité. Le sens du devoir.

3.

Charlotte avait épouvantablement mal dormi. Sa nuit avait été peuplée de rêves dans lesquels Brando l'embrassait, lui faisait l'amour…, puis se disputait avec elle, au point qu'elle le fuyait et se cachait quelque part.

Et voici qu'il était revenu la chercher à l'hôtel, dans son élégant coupé sport noir, tout à fait en accord avec sa sophistication naturelle.

— J'ai laissé la capote, dit-il, mais je peux l'enlever, si tu préfères.

C'était une magnifique matinée de juin, annonciatrice des chaleurs de l'été. Le ciel d'azur était sans nuages.

— Est-ce compliqué de la replier ? demanda Charlotte.

— Pas le moins du monde. Si tu ne crains pas d'avoir trop d'air.

— Au contraire. Cela m'éclaircira peut-être les idées.

— Tu as mal dormi ?

— Normalement, je n'ai aucune difficulté avec le décalage horaire. Mais pas cette fois. Je ne comprends pas ce qui m'arrive.

— Peut-être serait-il temps que tu arrêtes de faire comme si tout était « normal » dans ta vie. Rien ne sera plus jamais pareil qu'avant. Autant vaut-il que tu l'acceptes.

— J'imagine que certaines choses vont changer, oui. Mais je me sens tout à fait capable d'affronter ces transformations.

— Voilà une attitude constructive !

Charlotte dut se retenir pour ne pas hurler. N'était-elle

pas en passe de perdre le contrôle de la situation ? Petit à petit, sourire après sourire, parole rassurante après parole rassurante, Brando la manipulait avec adresse.

En venant à Florence, elle s'était attendue à des tensions, à des scènes. Or, il n'avait jamais exprimé le moindre énervement. En même temps, il n'était ni froid ni indifférent. Au contraire, il se montrait très calme, et chaleureux. Plein de sollicitude.

Sauf qu'au lieu que ce soit Charlotte qui lui impose sa façon de voir, c'était lui qui la dominait. Cela ne pourrait que mal finir. Elle avait travaillé à ses côtés et connaissait l'habileté avec laquelle il tournait toute situation à son avantage.

Elle aurait dû faire preuve de plus de finesse dans l'élaboration de son plan. Surtout, ne pas oublier qu'elle avait affaire à un excellent stratège, doté d'une brillante intelligence.

— Est-ce qu'un aussi long voyage en avion n'était pas risqué, à ce stade de ta grossesse ? enchaîna Brando.

Il dirigeait Charlotte vers sa voiture d'une main négligemment posée au creux de ses reins, en un geste terriblement possessif. Il se comportait comme si elle lui appartenait. Comme s'il avait également un droit sur l'enfant qu'elle portait. Il faudrait bien qu'il se mette en tête que ni elle ni leur enfant n'étaient sa propriété.

Elle s'écarta brusquement, et le fusilla du regard.

— Bas les pattes, lança-t-elle à mi-voix.

— *Cara*, c'est le genre de geste que j'ai avec toutes les vieilles dames de ma connaissance. Comme ma grand-mère.

Il avait dit cela sur un ton qui se voulait badin, pourtant Charlotte ne se sentit nullement rassérénée. Toutes ses terminaisons nerveuses étaient en alerte. Elle avait l'impression d'être au cœur d'une fournaise, et la présence de Brando à ses côtés la mettait au supplice. Tout autant que le souvenir obsédant de la nuit qu'ils avaient passée ensemble. Après tout, cela ne remontait pas si loin que ça. Il y avait tout juste quelques mois. Et c'était la nuit la plus mémorable de toute sa vie. Une nuit de passion, pleine d'une sensualité débridée, qui l'avait transformée à tout jamais. Pas seulement parce qu'elle allait être mère.

En tout cas, jamais elle n'avait imaginé avoir à nouveau affaire à cet homme. C'était même parce qu'elle était persuadée de ne pas le revoir qu'elle s'était autorisé une telle liberté avec lui.

— Qu'y a-t-il ? s'enquit Brando. Tu as l'air agacée.

— Pas du tout. Sauf que je ne suis pas une vieille dame, Brando. Et je n'ai nullement besoin que l'on vienne à mon secours. Je suis en pleine possession de mes moyens.

Charlotte avait lancé cela d'un ton d'autant plus acerbe qu'elle s'en voulait épouvantablement de regretter le contact des longs doigts fermes sur ses reins.

Depuis qu'elle était enceinte, toutes ses sensations étaient exacerbées, ainsi que sa libido. Il n'était pas rare que des rêves érotiques viennent tourmenter son sommeil. Même dans la journée, elle était taraudée par des fantasmes et éprouvait un besoin insatisfait de caresses.

Brando lui tint ouverte la portière de la voiture, et elle s'assit laborieusement dans le siège surbaissé. Son centre de gravité s'était clairement modifié. De plus, sa jupe étroite entravait ses mouvements. Patiemment, Brando attendit qu'elle fût installée avant de refermer. Au même instant, le chasseur de l'hôtel finissait de disposer les valises de Charlotte dans le coffre du véhicule.

Après avoir abaissé la capote, Brando se mit au volant. Il portait une chemise en lin gris pâle, assortie à un pantalon également en lin, d'un gris plus soutenu. Son col ouvert laissait voir un triangle de peau hâlée. Tout autant que les avant-bras musclés révélés par les manches roulées jusqu'aux coudes.

— Tu ne m'as pas répondu, insista-t-il. Le trajet en avion depuis la Californie n'a pas été trop fatigant ?

— J'ai voyagé en classe affaires, ce qui m'a permis d'étendre mes jambes. Néanmoins, je ne pense pas être en mesure de reprendre un vol international après mon retour chez moi, jusqu'à l'accouchement.

— Est-ce que tu sais si nous attendons un garçon ou une fille ? lui dit Brando en démarrant.

À l'entendre utiliser la première personne du pluriel, Charlotte se raidit. Elle lança un coup d'œil vers le profil de médaille, profitant du fait que Brando ne quittait pas la route du regard, absorbé qu'il était par l'embouteillage causé par un camion de livraison.

— Préférerais-tu avoir un fils plutôt qu'une fille ? demanda-t-elle.

— Pas du tout. Je crois même que je préférerais une petite fille.

Malgré elle, Charlotte sentit son cœur se serrer. Son propre père ne lui avait jamais manifesté d'affection. Elle avait souvent pensé qu'il était plus attentionné à l'égard de ses chevaux – ce dont elle avait beaucoup souffert.

De la même manière, elle avait été affectée par la quasi-indifférence dont sa mère faisait preuve à son égard. En effet, c'était sans le moindre état d'âme que celle-ci s'était séparée d'elle pour l'envoyer finir ses études en Suisse.

Du coup, Charlotte avait appris à accepter la solitude, et à n'avoir besoin de personne. Il suffisait de ne pas trop penser, d'endurcir son cœur et son esprit.

Très vite, son mantra s'était résumé en trois mots : travailler, persévérer, aboutir. C'était précisément le fait de suivre ce mantra qui l'avait menée au succès.

Charlotte ne doutait pas qu'elle saurait être une mère aimante. En tout cas, bien davantage que ses propres parents. Enfin, il y aurait quelqu'un dans sa vie sur qui elle pourrait déverser tout son amour.

— De nos jours, reprit Brando, ce n'est plus un handicap d'être une fille.

La voix de basse avait tiré Charlotte de ses réflexions. Elle leva les yeux vers Brando.

L'habitacle de la voiture de sport était plutôt exigu, et Brando était très proche d'elle. Il avait laissé sa main reposer sur le levier de vitesses, à quelques centimètres seulement de son genou. Les effluves de son eau de toilette venaient titiller ses narines – un parfum à la fois frais, sexy et très masculin. Entre cette senteur grisante, et la chaleur qui émanait du corps puissant, elle était douloureusement consciente de sa proximité.

— Si j'attends un garçon, dit-elle, j'imagine que cela pourrait te faire changer de point de vue… Sur la manière dont tu t'impliqueras, je veux dire…

— Comment cela ?

Charlotte déglutit avec peine.

— Je n'ai pas envie que nous nous disputions, dit-elle. Je suis trop fatiguée pour cela.

— Pourquoi nous disputerions-nous ?

— Ce n'est pas le bon moment pour…

— Pour parler de l'avenir ? C'est bien pour cela que tu es venue à Florence, non ?

— Oui, mais je ne m'attendais pas à ce que tu prennes les choses en main, comme tu le fais.

— Tu as eu des mois pour prendre les décisions à ta guise. Tu ne penses pas qu'il est temps que j'aie mon mot à dire ?

Serrant les dents, Charlotte lutta pour contenir sa colère. Elle se trompait en jugeant que Brando était sur le point de prendre le contrôle de la situation. En réalité, c'était déjà fait !

Quelle folie de venir à Florence sans avoir posé des jalons pour que Brando ne puisse contrecarrer ses plans ! Un instant, elle regretta ce voyage, se reprochant amèrement de l'avoir mis au courant de sa grossesse.

Mais non ! se dit-elle. Elle avait eu raison. L'enfant qu'elle portait avait le droit de connaître son père.

— Je déteste tout ça, murmura-t-elle.

Pendant quelques interminables secondes, Brando demeura silencieux, mâchoire crispée, le regard fixé sur la route.

— Tu me détestes, c'est cela ? dit-il enfin.

La gorge nouée, Charlotte s'obligea à cligner des paupières pour effacer les larmes qui lui montaient aux yeux.

— Je ne te déteste pas, répliqua-t-elle. Ce que je ne supporte pas, c'est cette partie de bras de fer autour de notre bébé. J'aurais tellement aimé lui offrir une famille aimante et harmonieuse.

Sa déclaration tomba dans un silence de mort. Charlotte noua les mains sur son ventre. Elle était épuisée, et à cran.

Était-ce vraiment la veille, qu'elle avait atterri à Florence ? La veille, qu'elle s'était présentée chez Brando, confiante dans l'avenir ?

Ce fut Brando qui se décida à rompre le silence.

— Rien ne justifie que nos relations s'enveniment, déclara-t-il. Il n'y a aucune raison pour que nous ne nous soutenions pas mutuellement. Lorsque le bébé sera avec moi, lui ou elle jouira d'un environnement harmonieux et aimant. La famille Ricci est parfois en proie aux conflits, mais…

— Il est vrai que les Ricci ont souvent du mal à faire la différence entre ce qui relève de la famille et des affaires !

— Tu n'as pas tort. Chez nous, ce sont deux choses indissociablement mêlées. Nous travaillons tous dans le même sens : assurer le succès de l'entreprise familiale.

Charlotte esquissa une moue dubitative. Du plat de la main, elle caressa son ventre rond, incapable de faire taire en elle ses appréhensions.

— Ta famille est très attachée à la Toscane, et à ses traditions ancestrales. Je ne suis pas certaine qu'ils accueillent favorablement un petit Américain.

— Tu es anglaise, que je sache. Pas américaine.

— Certes, mais je vis aux États-Unis. Je m'y plais beaucoup, et j'ai la ferme intention d'y élever mon enfant. Donc, ce bébé sera…

— Non !

La sécheresse de cette exclamation figea Charlotte sur son

siège. Pendant quelques minutes, ils n'échangèrent plus un mot. Puis, elle reprit d'une voix posée :

— Toi aussi tu aimes l'Amérique. Tu y comptes de nombreux amis dans la région viticole du comté de Napa.

— C'est vrai. Mais cela ne change rien au fait que je n'accepterai jamais que mon enfant soit élevé loin de moi.

Le pouls de Charlotte s'accéléra.

— Explique-moi comment tu comptes te débrouiller avec un nouveau-né, lança-t-elle.

Le visage fermé, Brando lui lança un coup d'œil sévère.

— Tu ignores que j'ai une ribambelle de neveux et nièces, répliqua-t-il. Je m'occupe d'eux depuis leur naissance.

— Cela n'a rien à voir avec la paternité. Être parent est un travail à plein temps.

— C'est bien la raison pour laquelle nous devrions unir nos forces. Je te le répète : nous n'allons pas faire voyager ce bébé à répétition, pour aller de l'un à l'autre.

— Rassure-toi, cela n'arrivera pas. Lui ou elle ne pourra pas me quitter, vu que j'ai l'intention d'allaiter.

— Je ne souhaite pas te séparer de ton enfant. Néanmoins, tu auras beaucoup de mal à convaincre un tribunal qu'il faut t'en donner la garde pour une question d'allaitement.

Pour contenir la bouffée de panique qu'elle sentait monter, Charlotte serra les poings. Elle n'avait pas fait tout ce chemin pour perdre son enfant. Ni même pour s'entendre dire qu'elle n'en aurait la garde qu'une partie du temps.

Elle cligna plusieurs fois des paupières, pour lutter contre des émotions dont elle ne comprenait pas bien la nature.

Brando lui jeta un coup d'œil rapide.

— Tu aurais dû venir me voir dès que tu as appris ta grossesse, dit-il. Cela t'aurait évité de tirer des plans sur la comète, et de rêver ta vie de mère plutôt que de la construire raisonnablement.

Détournant la tête, Charlotte s'absorba dans la contemplation du fleuve qu'ils longeaient, et des superbes villas toscanes. Au bout d'un moment, elle déclara :

— À la dernière échographie, on m'a demandé si je voulais connaître le sexe du bébé. J'ai répondu que cela m'importait peu. Que tout ce que je voulais, c'était qu'il ou elle soit en bonne santé.

— Je suis d'accord. Mais il ou elle aura besoin d'une famille en bonne et due forme. Ni toi ni moi ne sommes capables de lui garantir cela, si nous agissons chacun de notre côté.

À quoi bon continuer une discussion qui tournait en rond ? songea Charlotte. Mieux valait admirer les douces collines couvertes d'oliveraies et de vignobles.

Brando semblait en être venu à la même conclusion qu'elle car, pendant les quarante minutes qui suivirent, il se contenta de mener la voiture sur les routes étroites et sinueuses reliant Florence à Sienne.

Ils étaient entre deux villages, lorsqu'un pneu éclata brusquement. La voiture fit une embardée, mais Brando parvint à la garer sur le bas-côté. Il sortit pour inspecter les dégâts.

— Rien de grave, dit-il en ouvrant la portière côté passager. Ne bouge pas, je vais changer la roue. Tu es plus en sécurité dans l'habitacle que sur le bord de la route.

— Est-ce que ce n'est pas dangereux pour toi ? demanda-t-elle.

— Ne t'inquiète pas. Je n'en ai pas pour longtemps.

Il referma la portière, et Charlotte pivota sur le siège pour le suivre des yeux. À le voir opérer, l'on aurait pu croire que l'intervention ne demandait pas le moindre effort. Une fois qu'il eut terminé, Brando rangea la roue crevée, puis s'épousseta avant de reprendre place au volant en la gratifiant d'un sourire malicieux.

— J'espère que je ne t'ai pas trop fait attendre, dit-il.

Ses pommettes couleur bronze s'étaient colorées d'un rouge sombre, et l'exercice faisait briller ses yeux. Il était plus sexy que jamais, et Charlotte songea qu'un homme habile de ses mains était incroyablement attirant.

— Je suis impressionnée, dit-elle en lui retournant son sourire, tandis qu'il bouclait sa ceinture.

— Eh bien, il t'en faut peu !

— Tu te trompes. Je suis plutôt du genre exigeant.

Cette fois, ce fut un clin d'œil moqueur que Brando adressa à Charlotte.

— Alors, comment se fait-il que j'aie réussi à te mettre dans mon lit, au nouvel an ?

À son tour, Charlotte rougit. Tout son corps s'embrasa.

— C'était peut-être la faute du champagne, suggéra-t-elle.

— Certainement pas ! Tu n'as pas cessé de refuser les verres qu'on te tendait.

Charlotte fronça le nez.

— Je ne bois que très rarement, se justifia-t-elle. Non pas que je déteste l'alcool, mais j'ai horreur de perdre le contrôle.

— Je vois. Ce soir-là, tu l'as effectivement perdu. Du coup, tu as jugé préférable de m'effacer de ton esprit.

— Mais pas du tout !

— Ah bon ? Pas de mails. Pas de coups de fil. Silence radio. Tu appelles ça comment ?

— Nous n'avons pas couché ensemble dans l'idée de débuter une liaison. Nous l'avons fait parce que nous étions attirés l'un par l'autre, et que nous étions curieux de voir si ça marcherait entre nous.

Avec une mimique ironique, Brando haussa un sourcil.

— Excuse-moi, fit-il, je n'avais pas conscience de t'avoir déçue à ce point.

Haussant les épaules, Charlotte rétorqua :

— Tu sais bien que ce n'est pas le cas. Nous avons passé une nuit fabuleuse. Mais c'était l'affaire d'une fois. Je n'avais pas été embauchée par ta famille pour coucher avec le fils rebelle.

— Je n'ai plus rien de rebelle. Je suis devenu un fils et un frère parfait.

— Ah bon ? Alors, pourquoi Enzo, Marcello et Livia ne travaillent-ils plus avec toi ? Ils t'ont abandonné la direction des vignobles, non ?

— Oui. Mais parce que j'aime tout ce qui touche au travail de la terre, ce qui n'est pas leur cas.

Le regard de Brando se posa sur Charlotte, et elle ne put s'empêcher d'être émerveillée par ces prunelles gris argent bordées de cils de jais, incroyablement longs et fournis.

— Ce sont mes aînés, reprit-il, et je les respecte. Je tiens seulement à apporter ma pierre à l'édifice. Surtout maintenant que…

Il marqua une pause et prit une profonde inspiration, avant d'ajouter :

— Oui, le moment est venu de m'engager encore plus dans les affaires familiales. Et d'en assurer le succès.

La résidence secondaire de Brando tenait plus du château que de la villa. Charlotte en prit conscience dès qu'ils quittèrent la route pour s'engager dans un chemin montant à l'assaut d'une colline, sur laquelle se dressait une construction flanquée d'une tour carrée. Sur les flancs du coteau s'étageaient des rangées de ceps.

Planté au sommet de la butte, l'impressionnant édifice, aux murs d'un jaune fané, était entouré de hautes murailles. L'ensemble dominait la vallée, ce qui laissait supposer qu'il avait constitué un bastion stratégique au cours des siècles passés.

— C'est là ta résidence secondaire ? s'étonna Charlotte.

— Oui. À en croire les écrits historiques, la tour date du XIIe siècle. Il y a quelques controverses quant à la date d'édification du *castello* proprement dit. En tout cas, des textes prouvent qu'il a été habité par un descendant des Médicis.

— Est-ce toi qui en as fait l'acquisition, ou était-ce une propriété familiale ?

— Je l'ai acheté il y a une dizaine d'années. Le château et le domaine étaient à l'abandon. J'ai fait replanter les vignes. Restaurer la demeure a été une œuvre de longue haleine, dans laquelle j'ai mis tout mon amour de la Toscane. C'est ici que je me sens véritablement chez moi.

— Plus qu'à Florence ?

— J'aime beaucoup cette ville. Mais j'apprécie davantage la campagne. Je ne suis nulle part aussi bien qu'ici. Un jour, je compte m'y installer définitivement. Dès que j'aurai des enfants…

S'interrompant, Brando lança un coup d'œil en direction de Charlotte, tout en ralentissant pour passer entre les vantaux de l'immense portail en fer forgé.

— Je souhaite les élever quelque part où ils auront assez d'espace pour courir et jouer, conclut-il.

À peine Brando s'était-il garé que plusieurs domestiques apparurent comme par magie. L'un sortit les bagages du coffre, l'autre prit les clés de la voiture pour aller la parquer, et la gouvernante les suivit à l'intérieur du *castello*, offrant de conduire Charlotte à sa chambre. Brando déclina son offre. Il s'en chargerait lui-même, dit-il.

Le soleil entrait à flots par les vitres encadrant la porte d'entrée. Un escalier majestueux – en bois sombre, astiqué avec soin – montait à l'assaut des deux étages du château depuis le centre du grand hall. Les murs, jaune pâle, étaient décorés d'une profusion de tableaux, et un gigantesque lustre en verre de Venise scintillait de mille feux.

Charlotte emboîta le pas à Brando jusqu'au premier étage, où ils s'engagèrent dans un long couloir. Il s'arrêta devant la deuxième porte. La chambre réservée à Charlotte était spacieuse et décorée avec raffinement. La sévérité des poutres sombres était tempérée par la délicate teinte rose des rideaux de soie et du couvre-lit assorti. Deux bouquets de roses fraîchement coupées étaient disposés l'un sur la table de nuit, l'autre sur la coiffeuse.

— Veux-tu que je te fasse faire le tour du propriétaire, ou es-tu trop fatiguée pour cela ? s'enquit Brando.

— Oh ! je serais ravie de découvrir ta maison !

Au rez-de-chaussée, Brando guida Charlotte à travers l'enfilade de salons de réception, puis de salles de séjour de taille plus modeste, et enfin la salle à manger et la cuisine. Un chef y officiait, aidé par un second.

Ensuite, Brando lui fit visiter le potager et un petit verger. Derrière les arbres fruitiers, Charlotte découvrit des ruches. L'apiculteur du domaine était occupé à des travaux d'entretien, et Brando et lui se saluèrent chaleureusement.

Suivant un sentier, ils arrivèrent à une petite chapelle au clocher de forme carrée. Après un rapide coup d'œil aux vitraux, ils reprirent le chemin du *castello*, coupant par une roseraie et un jardin de topiaires qui les mena au bord d'une immense piscine à débordement. La vue sur la vallée était à couper le souffle. Par-delà les élégantes chaises longues en fer forgé, le regard se perdait sur les ondulations des collines vert sombre émaillées de minuscules villages pittoresques.

— C'est un véritable paradis, soupira Charlotte.

— J'avoue que j'y suis bien, admit Brando. Dans un tel environnement, je n'ai même pas l'impression de travailler.

— C'est formidable de pouvoir réaliser sa passion dans son travail.

— C'est ce que tu ressens, toi aussi ?

— Parfois. Cela dépend des clients. Et du problème à régler. Il arrive que la crise prenne toute la place. Dans ces cas-là, je n'éprouve rien d'autre qu'une montée d'adrénaline.

— Était-ce le cas lorsque tu as travaillé pour nous ?

— Non. Les Ricci sont des gens pragmatiques. Et puis,

vous êtes très attachés les uns aux autres. Vous vous disputez avec passion, mais c'est parce que vous vous aimez, en fait.

Sa propre fratrie fonctionnait de manière tout à fait opposée. Lorsqu'ils s'entre-déchiraient, il n'y avait jamais d'affection ou de chaleur en arrière-plan. Cela créait des fractures irrémédiables, à tel point que Charlotte avait fini par prendre ses distances avec ses frères et sœurs.

Brando haussa les épaules.

— Nous formons une famille. Une famille se serre les coudes.

Pas nécessairement, songea Charlotte.

Sa réserve avait dû se lire sur son visage, car le regard gris argent la jaugea.

— Tu n'es pas d'accord ? s'enquit Brando.

— Les choses ne sont pas aussi évidentes dans la mienne, répondit-elle. Ce n'est pas une question des plus simple pour moi. Y répondre serait même difficile.

Les traits de Brando se détendirent. Il lui sourit.

— Eh bien, dans ce cas, dit-il, je vais te poser une question beaucoup plus terre à terre : est-ce que tu as faim ? Je pense que le déjeuner sera servi sans tarder.

— Je suis affamée ! En ce moment, j'ai tout le temps faim.

— Alors, rentrons. Tu pourras te rafraîchir avant que nous nous retrouvions sur la terrasse.

Une fois dans sa chambre, Charlotte se recoiffa et fit quelques retouches à son maquillage. Tandis qu'elle remettait un peu de rouge à lèvres, elle s'efforça d'imaginer son bébé dans cette demeure. Sa main trembla, et elle sentit une pointe de tristesse l'assaillir.

Ce n'était pas la crainte que son bébé soit malheureux en ce lieu qui la troublait. Ce qui lui avait traversé l'esprit, c'était que ce petit être y grandirait peut-être loin d'elle… Elle éprouvait pour son enfant à naître un amour viscéral, un besoin inouï de le protéger. Sauf qu'elle en serait incapable s'il grandissait loin d'elle.

Sa décision était prise : elle se montrerait calme et courtoise avec Brando, mais elle serait ferme. Elle lui expliquerait qu'il n'était pas nécessaire de trouver une solution pour se « partager » le bébé. Il ou elle vivrait avec sa mère, à temps plein. Un point, c'est tout !

4.

Brando attendait Charlotte, sous le doux soleil de juin, contemplant la vallée depuis la terrasse. Le temps était idéal pour déjeuner en plein air, dans le parfum des fleurs de citronniers et de jasmin.

La table, dressée pour deux, offrait un spectacle charmant avec son décor de roses anciennes aux teintes pâles, assorties à la porcelaine et aux verres de Venise. C'était le cadre parfait pour un déjeuner romantique.

Sauf que les intentions de Brando n'avaient rien de fleur bleue. De toute façon, il n'avait pas la fibre sentimentale. Il était bien trop pragmatique pour cela. Il aimait les femmes et l'amour physique, néanmoins il s'était toujours gardé de tout engagement.

Et voilà que, malgré toutes ses précautions, il se retrouvait au cœur d'un imbroglio dont les répercussions se prolongeraient jusqu'à son dernier souffle.

Brando avait toujours su qu'un jour il aurait des enfants. Comme tous ses compatriotes, il accordait la plus grande importance à la vie familiale. Néanmoins, fonder une famille ne faisait pas partie de ses priorités immédiates, tant s'en fallait.

Car cela allait de pair avec un mariage promis à durer. Or, le mariage signifiait lier son sort à une partenaire aux côtés de laquelle on pouvait envisager de vieillir. Et que l'on continuerait à aimer même après des décennies de vie commune.

C'était le genre de couple que ses parents avaient formé. Ils s'étaient unis alors qu'ils n'étaient âgés que d'une vingtaine d'années, et avaient célébré leur soixantième anniversaire de mariage peu de temps avant le décès du père de Brando. Le cœur brisé, sa mère s'était réfugiée chez sa sœur – également veuve – dans les Cinque Terre. Penser à sa mère fit venir un sourire aux lèvres de Brando.

Il ne doutait pas de ce que serait sa réaction s'il lui annonçait qu'il avait fait un enfant à une femme. Elle lui demanderait comment il comptait remédier à la situation. Non parce qu'une grossesse inattendue avait quelque chose de honteux. Bien au contraire ! C'était synonyme de vie, de liens familiaux, d'amour.

Brando ne se jugeait pas traditionaliste, néanmoins l'idée que son enfant soit élevé loin de lui le révulsait. Charlotte se satisfaisait peut-être d'imaginer son enfant – *leur* enfant, se corrigea-t-il – ballotté entre deux foyers. Pour sa part, il ne s'y résoudrait pas.

Dans la famille de la jeune femme – Brando ne l'ignorait pas – mariages et divorces se succédaient, ainsi que naissances illégitimes. Ils avaient une conception de l'engagement bien plus floue que chez les siens. Lesquels n'avaient pas connu de divorce depuis des générations. Encore moins d'enfants nés hors mariage !

Quand bien même Brando ne s'était pas imaginé prêt à se ranger si tôt, la grossesse de Charlotte changeait tout. Soit elle acceptait de lui confier la garde exclusive de leur enfant – ce dont il était certain qu'elle ne s'y résoudrait jamais – soit elle acceptait de l'épouser. Aucune autre option n'était envisageable. Ce nouveau membre de la famille Ricci serait élevé dans la culture et la langue de ses ancêtres. Et au sein de sa famille paternelle. Point final !

Charlotte ferait une épouse parfaite. Elle avait créé sa propre entreprise, réussissant brillamment. Elle n'avait pas besoin d'un homme pour l'entretenir. Le tout était de la convaincre de renoncer à son indépendance, et de se laisser passer la bague au doigt.

Perdu dans des pensées où Charlotte occupait la première place, Brando fut presque surpris de la voir paraître. Elle franchit la porte vitrée, et le soleil toscan fit jouer des reflets dorés dans sa crinière blonde. À voir le rose qui colorait ses pommettes, et les éclairs illuminant ses yeux, Brando se dit qu'il lui faudrait faire preuve d'un sérieux pouvoir de persuasion pour l'amener à penser comme lui.

Ils déjeunèrent sur la terrasse en prenant tout leur temps. Les plats délicieux se succédaient, servis en petites portions qui semblaient prévues pour l'appétit de Charlotte.

Brando la dévorait du regard. Chaque mouvement qu'il faisait laissait percevoir son extraordinaire puissance physique et l'élasticité de sa musculature. Brando n'était clairement pas un adepte du *farniente*. On ne se constituait pas ce corps d'athlète sans une activité physique intensive.

L'image des hanches étroites arquées contre les siennes traversa l'esprit de Charlotte. Le souvenir lui revint de la manière dont il l'avait possédée, suscitant en elle le besoin irrépressible de lui appartenir encore et encore.

À l'évocation du superbe corps nu la dominant, elle fut envahie par une chaleur suffocante. Au point qu'elle en perdit pratiquement le souffle et fut incapable de terminer son dessert. Repoussant la petite assiette, Charlotte plaqua les mains sur ses joues, dans une vaine tentative de les rafraîchir.

— Tu as trop chaud ? s'inquiéta Brando. Peut-être préférerais-tu être à l'ombre ? Nous pouvons aller nous asseoir sous le parasol, si tu le souhaites.

— Tout va bien. J'adore être au soleil.

— Je ne veux pas que tu te fatigues.

— Brando, je suis juste enceinte. Pas octogénaire.

— Mais tu es toute rouge !

Oui, c'est ce qui m'arrive quand je me figure faire l'amour avec toi.

Se gardant bien de répondre cela, Charlotte se contenta d'afficher une mine ravie.

— Alors, reprit Brando, si tu te sens bien, le moment est peut-être venu de nous entretenir des raisons qui t'ont ramenée en Italie. Et d'envisager l'avenir.

Brando avait énoncé ses intentions d'une voix ferme, et son regard était planté dans celui de Charlotte.

— Le mieux que nous ayons à faire, c'est de nous marier sans attendre, enchaîna-t-il. Une cérémonie très simple, suivie d'un dîner dans l'intimité, juste avec nos proches…

— Pardon ?

Les sourcils froncés, Charlotte n'avait pas laissé Brando finir.

— Le plus tôt sera le mieux, reprit-il.

— Tu veux que je devienne ta femme ? Dis-moi que j'ai mal compris.

Les yeux écarquillés, Charlotte fixait Brando, l'air stupéfait.

— Non, non. Tu as parfaitement compris.

— Mais je ne veux pas t'épouser !

— Et pourquoi cela ?

— Il n'y a aucune raison pour cela. Nous ne sommes plus au Moyen Âge ou à l'époque victorienne. Avoir un enfant ne rend pas le mariage indispensable.

— Dans ma famille, si.

— Alors, il serait temps que les Ricci se mettent au goût du jour.

— Ce n'est pas une question de moralité !

Charlotte soutint le regard de Brando.

— Il n'empêche que vous devriez évoluer, répliqua-t-elle. Cela vous permettrait de prendre conscience qu'un enfant élevé dans un foyer monoparental réussit tout à fait. Pour s'épanouir, un enfant a besoin…

— De la stabilité d'un foyer, avec deux parents aimants et solides.

Pendant un moment, Charlotte observa Brando sans rien dire, puis elle rétorqua :

— Nous sommes des personnes solides, et nous saurons être des parents aimants. Mais rien ne nous oblige à vivre sous le même toit. Je suis certaine que cela aurait pour résultat davantage d'instabilité qu'autre chose.

— Je ne vois pas pourquoi !

— Nous ne sommes pas faits pour vivre ensemble, Brando ! De plus, tu n'habites jamais longtemps au même endroit. Tu ne cesses d'aller de l'une à l'autre de tes différentes résidences.

— Sauf que, comme je te l'ai déjà dit, c'est ici que je me sens chez moi. Et j'ai la ferme intention d'y élever mes enfants.

— Tu n'y es pas encore installé à temps plein. Par ailleurs, les jeunes enfants s'adaptent facilement un peu partout. C'est à l'âge scolaire que cela devient plus difficile. Ce qui nous laisse cinq ou six ans devant nous.

— Certes, je n'avais pas prévu de me fixer ici dans l'immédiat, mais ta grossesse change la donne. Je suis prêt à changer de vie. Et toi ?

Instinctivement, Charlotte haussa les épaules, et il lui fallut se mordre la langue pour ne pas riposter vertement. Elle compta jusqu'à cinq, puis dix, avant de répondre :

— J'ai déjà commencé. Je fais installer une chambre d'enfant dans ma maison. Et je me rends régulièrement aux séances de préparation à l'accouchement.

— Tout cela, sans moi ?

Charlotte étouffa un petit rire.

— Je n'organise pas mon avenir autour de ta personne, railla-t-elle.

— Tu as tort. Pour ma part, j'envisage d'organiser le mien *avec* toi.

Si elle avait été certaine de tenir sur ses jambes, Charlotte se serait levée pour s'enfuir. Hélas, ce n'était pas le cas !

— Je ne crois pas que toi et moi soyons sur la même longueur d'onde, murmura-t-elle.

— *Cara*, ma chérie, les enfants ont besoin de sécurité, de rituels, et d'une routine qui leur soit familière.

La voix rauque de Brando autant que les termes affectueux qu'il avait employés firent monter un frisson le long de l'épine dorsale de Charlotte. Elle se raidit pour ne pas trahir son trouble.

Elle n'était pas sa *chérie*, et elle détestait qu'il lui fasse la leçon. Au tréfonds de son être, la rébellion couvait.

— C'est en cela que nos opinions divergent, Brando, dit-elle. Étant enfant, je n'ai jamais su ce qu'était la routine. Cela ne m'a nullement blessée. Bien au contraire, je dirais même que cela m'a rendu service. J'ai appris à m'adapter à toutes les situations.

— C'est ton point de vue aujourd'hui, mais tu as certainement souffert du divorce de tes parents, ainsi que de devoir suivre ta mère en Californie après son remariage.

— Bien sûr, cela n'a pas été facile de me retrouver dans toute cette confusion à l'époque. Néanmoins, devoir affronter des circonstances difficiles a été un défi qui fait que je suis plus forte aujourd'hui.

— Et c'est ce que tu souhaites pour ton enfant ? Qu'il ou elle ait à surmonter les difficultés de la vie dès son plus jeune âge ? Ne préférerais-tu pas le protéger ?

— Ne sois pas injuste ! Bien sûr que je souhaite ce qu'il y a de mieux pour mon bébé. C'est même la raison pour laquelle je suis venue te parler, et essayer de t'englober dans ce qui va advenir. Sauf que te faire participer ne signifie nullement que je sois obligée de me transformer en carpette.

— Je n'imagine rien de tel, au contraire.

— Ne me raconte pas d'histoires, Brando ! Me marier avec toi signifierait que je renonce à tout ce que je suis, tout ce que j'aime, pour me plier à tes exigences. J'apprécie que tu cherches à bien faire en offrant de m'épouser. Mais je refuse catégoriquement. Il est hors de question que je me marie par souci de moralité. Le jour où cela m'arrivera, ce sera par amour. Parce que j'aurai trouvé celui avec lequel je serai prête à passer le reste de mes jours. Et non en me laissant piéger par sens du devoir, ou par obligation.

— Eh bien, si ce n'est pas une conception démodée du mariage, ça ! s'exclama Brando. Un mariage d'amour tourne inévitablement à la catastrophe, lorsque les effets des hormones s'estompent.

Fermant les paupières, Charlotte retint sa respiration. Si seulement elle trouvait quelque réplique spirituelle à opposer à Brando. Mais la seule chose qui lui traversait l'esprit, c'était que le piège était en train de se refermer sur elle.

— Nous avons encore deux jours avant ton départ pour Londres, reprit Brando d'un ton posé. Mieux vaut mettre un terme à cette discussion pour l'instant. Profite de ton après-midi. Nous reprendrons tout cela au dîner.

Ouvrant les yeux, Charlotte contempla Brando pendant quelques secondes, puis elle opina d'un bref signe de tête.

Il était d'une fascinante beauté, mais ce n'était en aucun cas l'homme qu'il lui fallait. Il était bien trop épris de liberté, de conquêtes féminines, de sexe. Ce serait un mari épouvantable, qui lui briserait le cœur car elle ne parviendrait pas à lui pardonner ses infidélités.

— Je ne changerai pas d'avis, dit-elle.

— Tu oublies que les faits sont têtus. Nous allons être parents. Il est impératif de mettre nos divergences de côté.

— Je ne crois pas que ce soit possible.

— Nous verrons cela ce soir.

Après un après-midi passé à se reposer dans sa chambre, Charlotte retrouva Brando pour le dîner. Elle était sur des charbons ardents, redoutant le moment où il se relancerait dans de grands discours destinés à la convaincre que le mariage était le meilleur des choix dans leur situation.

Il n'en fit rien. Au lieu de cela, il l'entretint avec passion des différents cépages cultivés dans la région du Chianti, et de leur ressemblance avec ceux qui poussaient en Californie.

— C'est ce qui t'y a amené, l'hiver dernier ? s'enquit-elle.

Le regard de Brando se planta dans le sien.

— Non, répondit-il. C'est toi que je venais voir. En tout cas, c'est ce que j'espérais.

Charlotte se sentit rougir jusqu'à la racine des cheveux.

— Enfin, Brando, nous étions bien d'accord sur le fait que notre aventure était sans lendemain, répliqua-t-elle.

— Lorsqu'une femme dit cela, il est rare qu'elle le pense vraiment.

Les sous-entendus de cette remarque suffirent à ce que Charlotte sente ses pommettes s'embraser.

— Je ne sais trop que répondre à cela, dit-elle.

— Tu es exceptionnellement douée pour compartimenter les différents aspects de ta vie, sais-tu ? répliqua Brando.

C'était en cela qu'il se trompait, songea Charlotte. Elle avait eu le plus grand mal à surmonter le désir qu'il continuait à lui inspirer, même après son retour à Los Angeles. Les émotions qui ne cessaient de la tarauder étaient tellement intenses que cela lui faisait peur. C'est à peine si elle se reconnaissait. Coucher avec Brando ne l'avait pas guérie de la fascination qu'il exerçait sur elle. Loin de là !

Son estomac se contracta, et Charlotte se contraignit à réagir sur un mode léger, affectant une désinvolture qu'elle était loin de ressentir.

— Tu veux dire que ce n'est pas la qualité première d'une femme ? lança-t-elle.

— Je ne suis pas sexiste.

— Comment oses-tu dire une chose pareille ? Il n'y a pas plus sexiste que toi. Tu exiges que j'abandonne tout ce qui fait ma vie, sans même accepter de réfléchir à d'autres arrangements possibles.

— Ce n'est pas vrai ! Je suis ouvert à toutes les suggestions. Que proposes-tu, *cara* ?

Une nouvelle fois, le petit mot tendre la hérissa. Il avait cette manière horripilante d'en ponctuer son discours, comme si cela était parfaitement naturel.

— Il n'y a pas de solution toute faite, répondit-elle. C'est une des raisons pour lesquelles j'ai autant attendu avant de venir te trouver. Il me fallait réfléchir à la suite des événements. J'ai fini par conclure que, au moins pendant sa première année, notre bébé devrait rester avec moi…

— Et comment s'habituera-t-il à son père ?

— C'est plus tard que les liens se tissent avec les pères. La petite enfance n'est jamais leur période favorite. Ils se sentent même parfois inutiles, tant que l'enfant n'est pas sevré, et déjà un peu autonome.

Pendant quelques secondes, Brando la contempla fixement, avant de partir d'un grand éclat de rire. À croire qu'il n'avait jamais rien entendu d'aussi drôle.

— Je ne sais pas où tu as pêché ces informations, lâcha-t-il entre deux hoquets, mais laisse-moi te dire que c'est n'importe quoi.

— Tout le monde sait cela, répliqua-t-elle sèchement. D'ailleurs mon propre père n'a jamais manifesté le moindre intérêt pour sa progéniture au stade du nourrisson. Et mes frères se sont toujours montrés totalement incompétents avec leurs enfants nouveau-nés.

— J'imagine que c'est culturel, car le mien, de père, s'est occupé de nous dès la naissance. Quant à mes frères, ils ont donné le biberon, fait faire le rot, changé les couches, en adorant cela.

L'enthousiasme de Brando fit naître une étrange mélancolie dans l'âme de Charlotte. Elle s'en étonna d'autant plus que, quelques secondes auparavant, elle n'éprouvait que colère et agacement. Ces montagnes russes d'émotions l'épuisaient.

— Tu peins un tableau qui me semble exagérément idyllique, protesta-t-elle.

— D'accord, j'ai omis de parler des périodes où l'enfant

fait ses dents, ou de la façon dont un bébé inconsolable peut te mener à bout de forces.

Ne sachant que dire, Charlotte se contenta de dévisager Brando. Après tout, songea-t-elle, il avait l'air d'en savoir bien davantage qu'elle sur les tout-petits.

— C'est plus facile d'élever un enfant à deux, crois-moi, reprit-il. Et je pense que c'est ce que nous devrions faire.

Tout à coup, Charlotte eut la sensation de manquer d'air. Elle étouffait dans cette salle à manger, aussi raffinée soit-elle.

— Est-ce que cela t'ennuierait de sortir un moment avec moi ? dit-elle. J'ai trop chaud ici.

— Eh bien, allons marcher. Mais je crains que la soirée te paraisse un peu fraîche.

— Ça ira, ne t'inquiète pas.

Effectivement, l'air était frais, sans qu'il fasse froid. Une brise légère apportait un parfum d'herbe coupée. Charlotte inhala cette odeur qui lui rappelait la maison de campagne de sa famille, dans le Sussex.

— Tu te sens mieux ? s'enquit Brando, tandis qu'ils avançaient sur l'allée de gravier.

Les derniers rayons du couchant teintaient de nuances lavande l'ancienne fontaine au centre du jardin de topiaires.

— Oui, répondit Charlotte. Un peu mieux.

— Tu n'es pas très convaincante.

Charlotte ne releva pas et tous deux continuèrent à cheminer en silence tout autour du jardin.

— C'est juste que je suis terrifiée, avoua-t-elle enfin, en s'arrêtant devant la fontaine. J'ai l'impression que les choses s'accélèrent et que je perds le contrôle de la situation.

— Tu entres dans le dernier trimestre de la grossesse. Bientôt, le bébé sera là. Il n'y a rien d'étonnant à ce que tu sois inquiète. Cela va être un bouleversement majeur.

À cet instant, le bébé donna un petit coup de pied, et Charlotte prit une profonde inspiration tout en posant la main sur son flanc.

— Il bouge ? demanda Brando.

Opinant du chef, Charlotte eut un geste instinctif : elle attrapa la main de Brando et la posa sur son ventre, plaquant sa paume à l'endroit où elle avait perçu la ruade. Pendant quelques secondes, il ne se passa rien. Puis, à nouveau, il y eut un bref coup de pied. Elle leva les yeux vers Brando pour voir s'il avait senti quelque chose.

Mâchoires serrées, il pinçait les lèvres, mais son regard gris argent s'était adouci. Sur son visage, elle vit se peindre un émerveillement sincère.

— *Sorprendente*, murmura-t-il.

Charlotte cligna des paupières. En toute hâte, elle laissa retomber la main de Brando, prenant tout à coup conscience de l'intimité que son impulsion avait créée entre eux.

— Je suis heureux que tu me permettes de partager cela, chuchota Brando. Merci, *cara*.

Le cœur de Charlotte se serra. Elle avait l'impression d'être dans l'œil d'un cyclone où se mêlaient désir, effroi, regret, dépit. Des émotions qui n'apportaient que confusion et désordre. Or, elle avait toujours eu besoin d'ordre, d'organisation.

Comme s'il avait perçu son désarroi, Brando la prit par le menton pour lui relever la tête. La lune montait dans le ciel, et dans sa pâle clarté, il se contenta tout d'abord de contempler son visage. Puis, il s'inclina et sa bouche fondit sur celle de Charlotte, en un baiser aussi brûlant que ceux qu'ils avaient échangés au nouvel an.

Au contact des lèvres de Brando, Charlotte avait eu l'impression de toucher un câble sous tension, qu'une violente décharge d'électricité avait parcouru tout son corps.

Brando avait dû la sentir trembler de tous ses membres, car il l'enlaça plus étroitement, tandis que ses lèvres dévoraient celles de Charlotte.

Elle croyait avoir gardé le souvenir du plaisir qu'il lui avait procuré six mois auparavant, mais ce n'était rien en comparaison de ce qu'elle ressentait en cet instant. C'était tellement plus intense, plus sensuel. Elle se délectait de la pression de sa bouche sur la sienne, du glissement de sa main descendant de sa taille à sa hanche.

Charlotte souda son corps à celui de Brando, s'abandonnant entre ses bras, et elle ne put contenir un gémissement de satisfaction lorsqu'il insinua la langue entre ses lèvres pour caresser voluptueusement l'intérieur de sa bouche.

Elle se remémora le mouvement des hanches étroites contre son bassin, tandis qu'il se glissait en elle, la faisant sienne, réveillant son corps endormi depuis trop longtemps.

Tout comme il la ramenait à la vie, en cet instant. Elle se sentait merveilleusement vivante, habitée par une fièvre irrépressible, se cramponnant à Brando, les jambes tremblantes, le cœur battant. C'étaient à la fois du sang et du miel qui couraient dans ses veines.

Il redressa la tête, vrillant un regard ardent au sien.

— Nous ferions mieux de nous marier le plus tôt possible, murmura-t-il contre sa bouche.

Charlotte se recula en titubant, hébétée.

— Quoi ?

— Je m'occuperai de toutes les démarches dès demain.

— Brando, non !

De nouveau, elle fit un pas en arrière, submergée par une tension nerveuse insupportable.

— Non ! insista-t-elle. Le mariage n'est pas la solution. Nous trouverons autre chose… Je prendrai un appartement à Florence, pour n'être pas loin de toi…

— Je veux que nous vivions sous le même toit.

— Alors, attribue-moi une suite dans ta maison.

— Cela ne marchera pas. Il y a cette alchimie incroyable entre nous. Nous en perdrons la tête, aussi bien toi que moi.

— Je refuse de prendre une décision à la hâte. Nous avons trois mois devant nous.

— Ne tentons pas le diable !

— Il reste trois mois, répéta Charlotte obstinément.

Puis, s'efforçant de faire taire la panique qui l'envahissait, elle tourna les talons et reprit la direction du *castello*, le regard fixé sur la splendide demeure scintillant de la douce lumière d'innombrables lampes.

5.

Le soleil de ce début de matinée était radieux, et Brando sentait qu'il lui réchauffait le dos, tandis qu'il quittait le *castello* pour gagner les vignes.

Il aimait la terre brune et odorante qui collait à ses semelles, la douceur de l'air délicatement parfumé. L'été était là. Ensuite, ce serait l'automne, et les vendanges…

C'était un plaisir d'arpenter de nouveau sa propriété – l'endroit où il se sentait le mieux au monde –, de longer les rangées de ceps. Tout en marchant, il inspectait les grappes. La récolte s'annonçait bien.

Et en septembre, quelque chose d'encore plus considérable surviendrait : la naissance de son enfant.

Brando avait encore du mal à se faire à l'idée qu'il allait être père. Il se sentait même un peu dépassé par les événements.

Jusqu'à présent, il n'avait pas envisagé de construire une famille. Cela viendrait dans quelques années, pensait-il. Pas avant qu'il atteigne trente-cinq ans. Mais le sort en avait décidé autrement, et cela lui convenait, en définitive.

Ce qui n'était pas le cas de Charlotte.

Elle ne voyait que des obstacles, là où il ne voyait que des solutions. Ce n'était pas un problème. Brando était certain qu'il trouverait les mots pour la convaincre. Sauf qu'il ne disposait pas de beaucoup de temps pour cela. Pas si elle persistait dans l'intention de prendre l'avion pour Londres le lendemain.

Il s'arrêta au bout de la rangée de ceps, caressant machinalement une feuille.

Ce dont Charlotte et lui avaient besoin, c'était de passer quelques jours ensemble. Il allait l'accompagner en Angleterre.

Mieux même, il l'y conduirait dans son jet privé.

Aucun des clients de Charlotte n'était au courant de sa grossesse, ni de son départ pour l'Italie. Aussi, à son réveil, trouva-t-elle des dizaines de mails sur son ordinateur, et un nombre affolant de messages sur son téléphone.

Néanmoins, elle ne rechignait pas à quelques heures de travail. Au moins, songea-t-elle en s'installant à la table du petit déjeuner, cela l'aiderait à survivre à la journée qu'elle avait encore à passer au *castello.*

Dès le lendemain, elle serait en Angleterre, loin de Brando. Pour l'instant, elle consacrerait la matinée à son courrier, ce qui l'aiderait peut-être à ne plus penser au baiser.

Le baiser.

Une onde de chaleur submergea Charlotte, et elle resta interdite, les mains au-dessus du clavier.

Brando lui faisait toujours le même effet. Il y avait entre eux une attirance irrépressible. Quelque chose de primitif. Elle était incapable de lui résister, tout au moins pour ce qui relevait du domaine charnel. Sur le plan affectif, les choses étaient bien différentes. Il lui suffisait, pour garder ses distances, de se remémorer Louisa en tenue plus que légère, manifestement à peine sortie du lit de Brando.

Certes, elle-même n'était nullement en situation de lui reprocher ses aventures. Il n'y avait jamais rien eu de sérieux entre eux. Comment était-il possible qu'elle passe d'une aventure d'un soir au fait de devenir sa femme ?

Cela n'avait pas le moindre sens. Charlotte ne parvenait pas à appréhender cette idée. Ni avec son intellect ni avec son cœur. Or, s'agissant de mariage, il lui semblait que le cœur était essentiel.

Refermant son ordinateur portable, elle croisa les bras sur sa poitrine, en proie à un mélange de frustration et d'indignation.

Jamais elle n'aurait dû avoir l'idée saugrenue d'aller le voir à Florence ! Et ce qui était pire, de le suivre à la campagne. Tout dans cette maison était l'expression de la personnalité de Brando. Elle avait l'impression d'être prise au piège dans l'immense *castello* ; cernée qu'elle était par les superbes paysages au milieu desquels la vieille demeure se dressait. C'était comme si Brando refermait autour d'elle la cage dorée d'un univers à la fois fascinant et capable de l'engloutir tout entière.

En proie à une agitation croissante, Charlotte se reprocha une nouvelle fois de ne pas être restée en Californie, à partager son temps entre ses cours de yoga et son travail. Elle aurait dû prévenir Brando par mail qu'elle avait impérativement besoin de discuter avec lui. Alors, ce serait lui qui serait venu la rencontrer.

Pourquoi diable s'était-elle lancée dans ce déplacement insensé ?

À vrai dire, il n'était guère besoin de se creuser la tête pour identifier les raisons qui l'y avaient poussée.

En prenant Brando à l'improviste, elle avait cherché à se confronter à la personne qu'il était vraiment, non celle qu'elle avait créée dans son esprit. Elle avait besoin de faits. De vérité. Une nuit dans les bras d'un homme ne suffisait pas à le connaître. Ce n'était qu'un fantasme. À son retour à Los Angeles, elle s'était construit une image presque mythique de Brando. Elle en avait fait quelqu'un d'extraordinaire. Était-il vraiment aussi formidable qu'elle l'avait rêvé ?

Lorsqu'elle s'était présentée à sa porte, c'était pour avoir affaire à l'individu réel, non au personnage de roman. Sauf qu'elle avait pratiquement trouvé l'individu en question dans les bras d'une ravissante top model.

Découvrir Louisa à demi nue sur le pas de la porte de Brando avait fait s'effondrer tous les espoirs de Charlotte. Car, au cours de leurs ébats, il avait fait naître en elle l'illusion d'être une femme… unique à ses yeux.

Il lui avait fallu déchanter. Ce qu'ils avaient vécu au cours de cette nuit de nouvel an n'avait absolument rien d'exceptionnel pour Brando. Ce n'était rien de plus que ce qu'il partageait avec un nombre incalculable de conquêtes.

Sans trop savoir pourquoi, Charlotte songea brusquement à sa famille, aux infidélités qui y étaient monnaie courante – quand bien même elles demeuraient secrètes –, aux séparations. Chacun de ses deux parents avait eu des liaisons. Ni l'un ni l'autre n'avaient été capables de respecter les vœux prononcés à leur mariage. Si elle acceptait d'épouser Brando, elle vivrait aux côtés d'un homme qui n'était pas très différent de son propre père. Cette seule idée l'emplissait de tristesse.

Quoi qu'il en soit, réfléchit Charlotte, les choses étaient peut-être mieux ainsi. C'était la meilleure façon de reprendre pied dans la réalité, dans la matérialité des faits.

Car les faits étaient incontournables.

Fait numéro un : elle attendait un enfant.

Fait numéro deux : le bébé naîtrait dans trois mois.

Fait numéro trois : Brando Ricci, multimilliardaire italien, était le père de son enfant.

Fait numéro quatre : Brando n'était pas le moins du monde amoureux d'elle. Alors qu'il n'était pas exclu qu'elle-même, Charlotte Parks, éprouve de tendres sentiments à l'égard de ce dernier…

Des pas résonnèrent dans le couloir, et elle espéra que c'était la gouvernante lui apportant le cappuccino qu'elle avait demandé.

Hélas, se désola-t-elle *in petto*, ce fut Brando qui parut à la porte, chargé d'un plateau supportant une bouteille d'eau et un verre. Il dévissa le bouchon de la bouteille, versa l'eau gazeuse, et lui tendit le verre.

— La caféine n'est pas recommandée pour le bébé, dit-il. Tiens, bois. C'est plus sain pour vous deux.

— J'ai mal dormi, et je n'arrive pas à me réveiller.

— Va faire quelques longueurs de piscine. Cela te rafraîchira et te fera du bien.

— J'ai beaucoup trop de travail. De plus, je n'ai pas pensé à me munir d'un maillot.

Brando se laissa tomber sur l'une des chaises entourant la table.

— Est-ce que je peux faire quelque chose pour toi ? s'enquit-il.

— Non, je te remercie. Tu en as déjà fait assez.

— En t'apportant un verre d'eau ?

— Non. En me faisant un enfant. Dorénavant, je m'occuperai de tout le reste.

Cherchant à oublier les papillons qui avaient élu domicile dans son estomac, Charlotte changea de position sur sa chaise tout en inspirant profondément. Il avait suffi que Brando paraisse pour qu'elle sente son cœur s'emballer. Et maintenant qu'il était assis près d'elle, le souffle lui manquait. Un autre fait incontournable, c'était l'effet que cet homme produisait sur elle.

Pour reprendre ses esprits, elle se força à penser à Louisa – laquelle couchait avec Brando et lui appartenait, ou vice versa. Deux jours auparavant, ces deux-là faisaient l'amour quand Charlotte les avait dérangés. Et voilà que Brando lui parlait mariage comme si de rien n'était. C'était ridicule. Et passablement troublant.

— Comment as-tu le culot de me parler mariage, quand tu es amoureux d'une autre ? lança-t-elle brusquement, incapable de se contenir davantage. Et comment puis-je accepter de t'épouser, quand j'ai été reçue, à ta porte, par Louisa en petite tenue ?

— Je croyais que la question était réglée. Comme je te l'ai dit, Louisa n'en fait qu'à sa tête. Elle savait que je ne voulais pas qu'elle aille ouvrir, alors elle s'est précipitée avant que j'aie le temps de réagir.

— Et tu trouves ça drôle ?

— Louisa est du genre espiègle. Elle aime plaisanter.

Fermant les paupières, Charlotte se fit la réflexion qu'il n'y avait rien de commun entre cette dernière et elle-même. Depuis son plus jeune âge, elle avait détesté attirer l'attention, ou se faire remarquer par des comportements fantasques. Elle aimait se conformer aux règles. Et la seule fois où elle avait pris un risque – pensant que c'était un risque calculé –, elle s'était retrouvée enceinte.

— Je t'ai déjà dit que Louisa et moi ne sommes pas ensemble, reprit Brando. Il n'y a rien de sérieux entre nous. Elle était sur un shooting à Florence, nous nous sommes rencontrés, avons dîné, et puis…

— Et puis, tu as couché avec elle.

— Voilà.

— Et pas qu'une seule fois, je suppose.

Brusquement, Brando s'inclina vers Charlotte, réduisant la distance entre eux.

— Charlotte, à quoi joues-tu ? protesta-t-il sèchement. Arrête de t'interroger au sujet de Louisa. Elle ne fait pas partie du tableau. Il n'y a que toi et moi.

Secouant la tête avec véhémence, Charlotte était dans tous ses états. Elle avait le cœur au bord des lèvres.

— C'est affreux ! gémit-elle. Je n'aurais pas dû garder ce bébé. Pas en sachant quel genre d'homme tu es. Tu ne me seras jamais fidèle. Tu ne m'appartiendras jamais…

Elle s'interrompit dans un sanglot, et bondit de sa chaise, évitant la main de Brando qui cherchait à la retenir. Elle alla se planter devant une fenêtre, à l'autre extrémité de la pièce.

— Tout cela n'est qu'un affreux gâchis, marmonna-t-elle.

Brando se leva à son tour et vint la rejoindre.

— Qu'y a-t-il ? Qu'est-ce qui ne va pas ? s'enquit-il.

— Je me suis bercée d'illusions. J'ai voulu croire que je

pourrais vivre seule avec mon bébé. Que tu ne te sentirais pas concerné. Mais j'avais tout faux. Sauf que tu ne cadreras jamais avec mon mode de vie, mon univers. Hier soir, tu parlais mariage. Tu disais qu'il nous fallait élever notre enfant ensemble. Ça ne marchera jamais ! Tu es un célibataire endurci, un play-boy invétéré…

— Tu te trompes ! Je n'ai jamais été un play-boy.

— Parce que tu n'enchaînes pas les conquêtes, peut-être ?

— Lorsque j'ai une relation sérieuse, je ne cours pas le jupon. Mais dans les périodes de célibat, s'il s'avère que je rencontre une femme qui me plaît, et si c'est réciproque, alors, oui, je ne m'interdis pas de coucher avec elle. Il n'y a rien de mal à apprécier le sexe. C'est une source de plaisir, et une forme de communication agréable…

— Pour ma part, je ne couche pas avec tous les hommes qui me plaisent. J'ai besoin d'autre chose qu'une simple attirance physique pour avoir une relation sexuelle.

— Pourtant, tu as bien couché avec moi juste parce que je t'attirais physiquement.

— Et j'ai commis une belle bêtise !

Planté devant Charlotte, les mains sur les hanches, Brando la dévisagea un moment.

— Ce n'est pas ce que tu avais l'air de penser à l'époque, déclara-t-il enfin.

— J'ai regretté ce qui s'était passé entre nous presque immédiatement, corrigea Charlotte. Pendant tout le vol du retour, je me serais donné des gifles.

— Le voyage a dû te paraître très long, railla-t-il, pince-sans-rire.

Charlotte roula des yeux.

— Cela te va bien de faire de l'humour ! s'insurgea-t-elle. Tu ne sais rien de moi. Tu ne me connais pas le moins du monde. Sinon, tu ne suggérerais pas le mariage comme seul remède à notre problème. Cela n'arrangerait rien, Brando ! Au contraire, cela ne ferait qu'aggraver les choses.

— Comment cela ?

— Je n'ai aucune envie de me passer la corde au cou. À plus forte raison en épousant un homme avec lequel je n'ai aucune affinité. D'accord, il existe une alchimie indubitable entre nous. Mais cela doit t'arriver avec la majeure partie de la gent féminine.

— C'est faux !

— Enfin, Brando, tu ne vas pas me dire que tu n'apprécies pas d'être indépendant ? Et d'avoir la possibilité de faire autant de conquêtes que tu en as envie. Je me refuse absolument à être un obstacle à ta liberté. Tu aimes ta vie de célibataire. Alors, je ne vois pas ce qui t'oblige à y renoncer. Cela ne signifie pas que tu ne puisses pas remplir ton rôle de père. Il y a quantité d'hommes qui vivent ainsi.

— Pas dans ma famille.

— La famille Ricci devrait réaliser que nous sommes au XXIe siècle !

Brando sembla préférer ne pas relever la pique.

— J'ai été très heureux dans ma vie de célibataire, répliqua-t-il. Mais je suis certain de l'être tout autant dans le mariage.

— Eh bien, pas moi !

— Tu n'en sais rien. Tu n'acceptes même pas d'envisager les choses un peu sérieusement. Tu as décidé que ce n'était pas pour toi, un point c'est tout.

— Parce que j'en suis persuadée.

— Ce n'est pas faire preuve d'une grande maturité. Nous allons avoir un enfant qui aura besoin de notre présence à tous les deux. Tu te sers de ce que tu imagines être mon mode de vie comme excuse pour refuser ma proposition. Mais, je te le répète : je suis prêt à franchir le pas, et tu ne me feras pas changer d'avis.

Détournant le regard, Charlotte soupesa les paroles de Brando. Sa déclaration véhémente minait ses certitudes. D'accord, elle voulait vraiment ce qui était le mieux pour son bébé. Brando était prêt à lui passer la bague au doigt pour le bien de leur enfant, disait-il. Alors, pourquoi regrettait-elle autant qu'il ne s'inquiète pas de ce qu'elle ressentait, et qu'il n'ait pas comme motivation le fait de tenir un peu à elle ?

Il ne se souciait que de leur enfant. Et du bénéfice que la famille Ricci pourrait tirer de la situation.

— J'aime ma vie, telle que je me la suis faite, répliqua-t-elle. Je ne vois pas ce qu'il y a d'immature ou d'égoïste à reconnaître que je me débrouille mieux par mes propres moyens. Être indépendante me réussit parfaitement.

Charlotte s'était placée dos à la pièce, face à la fenêtre qu'elle avait ouverte dans l'espoir de mieux respirer. Sentir le regard de Brando peser sur elle lui fit tourner la tête dans sa direction.

— En même temps, enchaîna-t-elle, j'admets qu'il nous faut trouver une solution, un terrain d'entente. Sauf que cela ne peut pas être le mariage.

— Pourquoi es-tu à ce point hostile à cette vénérable institution ?

— Pas hostile ! C'est juste que je n'arrive pas à accepter l'idée que le mariage serait la solution à tous les problèmes. Il me semble que cela ne fait qu'en créer davantage.

— Est-ce que tu soutiendrais la même opinion, si nous étions follement amoureux l'un de l'autre ?

Sans qu'elle sache pourquoi, Charlotte ne put se retenir de sourire à cette question. Peut-être parce que Brando l'avait formulée sur un ton légèrement moqueur.

— Je ne sais pas, répondit-elle. Mais, à vrai dire, je n'ai jamais été follement amoureuse. Et toi ?

Il vint s'accouder au rebord de fenêtre, près d'elle, laissant son regard errer sur le paysage.

— Je ne crois pas l'avoir jamais été, répondit-il. Certaines de mes relations féminines ont duré assez longtemps, et ont compté pour moi. Mais sans que je les imagine faites pour durer toujours. Quand ces liens se sont rompus, j'ai été triste, bien sûr, mais jamais anéanti.

— C'est bizarre, non, que ni toi ni moi n'ayons jamais connu le véritable amour ?

— Ce qui me semble encore plus étrange, c'est que les gens puissent cesser de s'aimer aussi facilement. À mon avis, ce qu'ils prennent pour de la passion amoureuse n'est jamais qu'un engouement passager.

— Pour toi, qu'est-ce que c'est que l'amour ?

Brando haussa les épaules.

— Je n'en sais trop rien, répondit-il. La seule forme d'amour que je connaisse est celui que j'éprouve pour ma famille. C'est un sentiment fait de loyauté, de respect, de dévouement, d'affection…

— Donc, les seules personnes que tu aimes vraiment, ce sont les membres de ta famille.

— Exactement. Et l'affection que je leur porte s'est construite au fil des années. C'est pour cela que je n'ai aucune inquiétude en te proposant de m'épouser. Je sais que nous serons, tous deux, des parents dévoués à leur enfant. Ce qui ne manquera pas de créer un lien entre nous. Nous apprendrons à nous apprécier et nous respecter à travers l'attention que nous lui porterons.

— Ce que tu dis est abominable ! Tu ne te rends pas compte que cette description est terrifiante ?

— Pourquoi ? Je te parle de stabilité, de savoir-vivre, de…

— Et que fais-tu de la passion, de l'énergie, de l'enthousiasme ?

— Toutes choses que tu sembles fermement décidée à rayer de ta vie, si je ne m'abuse.

Charlotte se recula brusquement.

— Comment ça ?

— Oui, tu évites soigneusement de te laisser aller à tout ce qui peut représenter un excès d'émotion.

— Si tel était le cas, je ne serais pas ici, aujourd'hui. E dans cette situation inextricable !

— Pourtant, tu ne te dispenses pas de clamer haut et for

que la nuit passée avec moi a été la plus grande des erreurs que tu as pu commettre.

Les joues écarlates, Charlotte se renfrogna.

— Je n'ai pas l'habitude des aventures d'un soir, répliqua-t-elle sèchement. Avec toi, c'était la première fois. J'ai réalisé un peu trop tard, hélas, que ce n'était pas pour moi.

— Que je sache, ce n'est pas *moi* qui t'ai snobée, par la suite. En ce qui me concerne, je n'avais nullement l'intention que les choses s'arrêtent là. Je t'ai appelée sur ton portable, pendant que tu étais dans le taxi pour l'aéroport. Puis, ensuite, quand tu as été de retour à Los Angeles. Tu ne m'as ni répondu ni rappelé. Je ne me suis pas découragé. Je suis même venu en Californie dans l'espoir de te revoir. Tu as refusé ! Tu m'as clairement signifié que c'était fini.

— Brando, jamais au grand jamais je n'avais couché avec un client. Je ne voulais pas que cela se reproduise.

— Alors, qu'est-ce qui t'avait poussée à enfreindre ta sacro-sainte règle ?

— Tu me plaisais, c'est tout. J'étais irrésistiblement attirée par toi.

— C'était la même chose pour moi.

— Je te répète que je ne peux pas me permettre de coucher avec un client. Or, rien ne dit que vous ne devrez pas faire de nouveau appel à moi. Les Ricci sont des gens importants que je n'ai pas les moyens de repousser le cas échéant.

— Donc, tu préfères me repousser, *moi* ?

Un soupir de frustration échappa à Charlotte.

— Ne fais pas celui qui ne comprend pas, protesta-t-elle. Tu sais très bien ce que je veux dire. Je n'ai pas le moindre sentiment à l'égard de tes frères ou de ta sœur, et je pourrai tout à fait retravailler pour eux. Par contre, les sentiments que j'ai pour toi compliquent terriblement la donne, et…

Elle s'interrompit brutalement, prenant conscience de ce qu'elle venait d'avouer. En toute hâte, elle orienta la conversation vers un autre sujet :

— Maintenant que je suis enceinte, la situation se complique diablement. Comment allons-nous élever cet enfant ? Et où, surtout ?

Le silence de Brando dura quelques interminables secondes. Il lui opposait un visage fermé. Puis, il haussa les épaules.

— Parfois, dit-il, les solutions surgissent au moment où l'on s'y attend le moins. Peut-être vaudrait-il mieux que nous cessions de nous interroger. Pourquoi ne pas nous changer les idées ?

Charlotte haussa un sourcil intrigué.

— À quoi penses-tu ? demanda-t-elle.

— Allons visiter les villages des environs. Certains, comme Greve et Montefioralle, dominent la vallée du Chianti, et la vue y est superbe Nous pourrions y déjeuner.

Après un coup d'œil coupable à son ordinateur portable, Charlotte se dit que c'était certainement ce qu'ils avaient de mieux à faire. S'évader. Arrêter de réfléchir.

La seule difficulté de ce plan, c'était qu'elle allait être obligée de côtoyer Brando toute la journée. Ce qui était affreusement problématique…

— Tu crois vraiment que nous sommes capables de ne pas parler du bébé pendant quelques heures ? dit-elle.

— Je te promets que nous laisserons le sujet de côté jusqu'à ce soir. Oublions les discussions sérieuses, et prenons un peu de bon temps. Tu ne connais pas la région, je vais te la faire découvrir.

Dans la voiture de sport, ils gagnèrent le ravissant village de Greve. Ils se garèrent dans une petite rue puis rejoignirent la place du village. Les bâtisses du Moyen Âge étaient un ravissement. Au rez-de-chaussée, chacune abritait qui un café pittoresque, qui une galerie, qui une cave. Ils en firent la visite sans se presser, avant d'aller découvrir l'église, dont la quiétude et la lueur tremblante des bougies emplirent Charlotte d'un sentiment de paix dont elle avait bien besoin.

Tout finirait par s'arranger, se persuada-t-elle. Il n'était pas nécessaire qu'elle se fasse autant de souci. Il y aurait bien un moment où Brando entendrait raison, et où ils trouveraient le moyen de régler leur différend.

Après avoir exploré Greve pendant une heure et demie, ils prirent la direction de Montefioralle par une petite route, terriblement escarpée.

Cette fois, Brando se gara juste devant un restaurant perché sur la pente dominant la vallée, d'où la vue était à couper le souffle.

— J'espère que tu as faim, dit-il, tandis qu'ils s'installaient à une table en terrasse. La cuisine, ici, est excellente. Les vins aussi, d'ailleurs.

— Je suppose qu'ils sont de ta production, observa Charlotte.

Le sourire dont Brando la gratifia était terriblement sexy.

— Comment le sais-tu ? demanda-t-il.

Charlotte ne put se défendre de lui sourire en retour. Brando était tellement irrésistible, lorsqu'il se livrait à son numéro de charme.

— J'ai deviné, c'est tout, répondit-elle.

Brando avait été captivé par la personnalité de Charlotte, autant que par son physique, dès leur première rencontre, au mois d'août de l'année précédente. Il avait été frappé par son extraordinaire confiance en elle, son élégance raffinée, sa délicate beauté. Elle l'avait impressionné par sa capacité à tenir tête aux membres de la famille Ricci, et à leur assener leurs quatre vérités quand le besoin s'en faisait sentir – sans se soucier de les prendre à rebrousse-poil.

Lui-même n'hésitait pas à faire preuve de franchise, et il était extrêmement rare qu'il rencontre une femme prête à lui rendre coup pour coup. Charlotte était de celles-là.

Et lorsque les conflits s'apaisaient, elle gratifiait son auditoire d'un de ces sourires dont elle avait le secret. C'était un sourire radieux, épanoui, qui illuminait la pièce, et faisait scintiller ses prunelles d'azur.

C'était même peut-être comme cela qu'elle l'avait séduit, pensa Brando.

Ce fut en la voyant sourire, à cet instant, qu'il prit conscience que c'était bien la première fois que cela arrivait depuis qu'elle avait inopinément surgi chez lui.

Comme cela lui avait manqué ! songea-t-il.

Et comme Charlotte Parks lui avait manqué, depuis qu'elle l'avait quitté au matin du 1er janvier !

Il avait été terriblement déçu qu'elle refuse de le rencontrer alors qu'il s'était rendu à Los Angeles dans ce but. Comment se serait-il douté qu'elle parlait sérieusement en affirmant que leur aventure resterait l'histoire d'un soir ?

Bien sûr, il ne l'avait pas crue. Pourtant, elle s'était tenue à son engagement. Pour cela, aussi, Brando admirait Charlotte.

Il était clair qu'elle tenait véritablement à son indépendance. Pour Brando, c'était un agréable changement par rapport aux femmes qu'il fréquentait habituellement.

Et voilà qu'il se retrouvait face à la seule qui ne voulait pas de lui, portant l'enfant qu'il lui avait fait !

Se penchant par-dessus la table, Brando s'empara des lèvres de Charlotte. Elles étaient douces, chaudes, et il prolongea le baiser jusqu'à ce qu'il la sente frémir. Puis, il s'écarta.

Le ravissant visage était marqué par deux taches écarlates, aux pommettes, ce qui faisait ressortir le bleu des prunelles. Dans les grands yeux, se lisait une question : Charlotte se demandait manifestement pourquoi il l'avait embrassée.

Lui-même n'aurait su le dire. Simplement, il la désirait. Cela n'avait rien de nouveau ; cela datait même de leur rencontre, et durerait certainement très longtemps. Brando savait qu'il n'avait pas fini d'éprouver cette incroyable attirance non seulement physique, mais également intellectuelle pour Charlotte Parks. Elle avait la force de lui tenir tête. Ils étaient à armes égales sur bien des choses. Elle ferait une épouse parfaite.

— Tu as toutes les qualités nécessaires pour entrer dans la famille Ricci, déclara-t-il. Pour un peu, on pourrait croire que tu en fais déjà partie.

Redressant les épaules, Charlotte se raidit.

— Il était convenu que nous ne discuterions pas de l'avenir avant ce soir, dit-elle, faisant l'effort de garder un ton serein.

L'air désinvolte, Brando haussa les épaules.

— Je ne parle pas de l'avenir mais du présent, protesta-t-il. Tu es ma moitié. Faite pour moi.

— Je ne suis pas ta moitié. Toi comme moi, nous sommes deux entités séparées. Il n'y a pas de place pour l'autre dans la vie de chacun. Nous sommes deux fortes têtes, trop attachés à notre chère indépendance.

— Ne sommes-nous pas dotés de l'intelligence nécessaire pour faire l'effort d'évoluer ? De plus, nous n'avons pas d'autre choix. Pas si nous voulons faire passer les besoins de notre enfant avant tout autre chose. D'après ce que j'ai compris, tes parents n'ont jamais eu cette préoccupation. Je pense que ta peur de fonder une famille vient de là…

— Excuse-moi, c'est franchement tiré par les cheveux ! le coupa Charlotte.

— Je dis la vérité, n'est-ce pas ?

Tout à coup, Charlotte eut l'impression d'avoir le gosier aussi sec que les sables du désert. Elle attrapa son verre et prit une gorgée d'eau.

— Est-ce vraiment le moment de me faire subir ce genre d'analyse ? demanda-t-elle d'une voix éraillée.

Un léger sourire flotta sur les lèvres de Brando.

— Je ne suis pas en train de me livrer à une psychanalyse sauvage, répliqua-t-il. J'essaie juste de comprendre un peu mieux la femme que tu es. C'est important, non ?

— Alors, permets-moi de t'expliquer ce dont je ne veux

pas. Je ne veux pas entrer dans une famille quelle qu'elle soit. J'ai apprécié de travailler avec la tienne, mais elle me semble aussi oppressante que la mienne. Désolée d'être brutale.

— Pas la peine de t'excuser. J'admets que nous sommes des gens passionnés, exubérants. Mais aucun d'entre nous ne recèle une once de méchanceté.

Plutôt que réagir du tac au tac, Charlotte laissa son regard errer sur la terrasse et, au-delà, sur la vallée. Le soleil caressait les rangs de ceps sur la pente en dessous du restaurant, teintant d'or pâle les grappes et se réfléchissant sur les feuilles vernissées.

— Je suis très heureuse en Californie, dit-elle enfin. Je n'ai de comptes à rendre à personne. J'ai enfin l'opportunité d'être moi-même. Il m'a fallu des années pour acquérir cette liberté. Je n'ai aucune intention de renoncer à ce qui est mon espace vital. L'une des choses que j'apprécie à LA, c'est que j'y suis invisible. J'adore vivre toute seule, dans ma petite maison, et ne me soucier que de ma carrière.

Charlotte se tut, car le regard de Brando pesait sur elle. Il la dévisageait intensément.

— En m'épousant tu ne perdras pas ton identité, *cara*, observa-t-il. Tu seras toujours Charlotte Parks, même si tu deviens Mme Charlotte Parks-Ricci.

— Et si je choisis de garder mon nom de jeune fille ?

La puissante carrure se souleva légèrement.

— Si cela peut te faire plaisir, répondit Brando, je n'y vois pas d'objection. Si je t'épouse, c'est pour donner à notre enfant un foyer, une famille, et un patronyme.

Brando marqua une pause, avant d'ajouter :

— À moins que cela te pose problème que le bébé porte le nom de Ricci ?

C'était à ne pas en croire ses oreilles, pensa Charlotte. Comment était-il possible qu'ils aient ce genre de conversation ? Pouvait-elle sérieusement envisager de devenir l'épouse de Brando ?

Un moment, elle observa un silence méditatif, se remémorant ce qui avait été dit. Avait-elle laissé supposer qu'elle y était prête ? Et l'était-elle, ou non ?

Ne commençait-elle pas à prendre en compte les arguments que Brando lui rabâchait ?

— Il ne faut pas que tu imagines que je vis dans l'ombre de mes frères et de ma sœur, reprit-il. Bien sûr, nous nous retrouvons souvent pour des fêtes de famille ou quelques jours de vacances en commun, mais chacun est très pris par son propre foyer. Ils ne seraient, en aucune façon, partie prenante de notre vie.

— À t'entendre, on pourrait croire que tu as réussi à me convaincre. Es-tu conscient que je n'ai pas encore accepté ?

L'ébauche de sourire que Brando ne put retenir donna à Charlotte le sentiment qu'il n'était pas tout à fait sincère en répliquant :

— Mais, bien entendu, j'en ai parfaitement conscience ! Sauf que cela ne nous empêche pas d'examiner les différentes questions à régler, si cette option venait à se concrétiser. Tout en sachant qu'aucun engagement n'est pris.

Charlotte planta fermement son regard dans celui de Brando.

— Comme tu veux, dit-elle. Pour commencer, est-ce que cela dérangerait beaucoup ta famille si notre enfant ne portait pas ton nom ?

Esquissant une moue dubitative, Brando prit son verre de vin en fronçant les sourcils.

— Je ne sais pas ce qu'ils en penseraient, répondit-il, mais, en ce qui me concerne, j'y tiens énormément.

— Je croyais que tu étais le rebelle de la famille !

— C'était vrai, mais cela ne l'est plus. J'ai vieilli, mûri. J'ai appris à être fier de notre histoire. Cela fait un siècle que les Ricci possèdent des vignobles en Toscane, et je tiens à ce que mon fils ou ma fille reprenne le flambeau.

Que répondre à cela ? s'interrogea Charlotte. Elle comprenait parfaitement la préoccupation de Brando. N'aurait-elle pas réagi de la même manière dans sa situation ? Elle attendit qu'ils aient repris le chemin du *castello* pour revenir sur le sujet.

— Il n'est pas indispensable de nous marier pour que notre enfant porte ton nom, dit-elle comme ils franchissaient les majestueux piliers soutenant le vaste portail. Tu es le père, et l'acte de naissance mentionnera ton patronyme.

Pour toute réponse, Brando lui lança un bref coup d'œil, lèvres pincées, tandis qu'ils remontaient l'allée de cyprès.

Une fois qu'il eut garé son bolide, il coupa le contact et se tourna vers Charlotte.

— As-tu toujours l'intention de prendre l'avion pour Londres demain ?

— Oui, bien sûr.

— Alors, laisse-moi t'y emmener dans mon jet privé. Ce sera beaucoup moins fatigant pour toi que les longues files d'attente et les contrôles de sécurité.

Cette proposition prenait Charlotte au dépourvu, cependant c'était terriblement tentant. Les aéroports londoniens étaient toujours bondés, et elle redoutait l'épreuve que cela représenterait. Cependant, qu'est-ce que Brando avait en tête en lui offrant ses services ?

— Je ne vois pas ce que cela t'apporterait, dit-elle d'un air soupçonneux.

— Si je t'évite un stress supplémentaire, c'est aussi le bébé qui en profite.

Ah, évidemment, il ne se préoccupait que du bébé ! songea Charlotte avec une pointe de déception.

— Donc, tu n'as rien d'autre en tête ? demanda-t-elle en haussant un sourcil défiant. Aucun risque que tu en profites pour annoncer officiellement nos fiançailles ?

Ce fut la même mimique circonspecte que Brando lui opposa.

— Comment pourrais-je faire une chose pareille ? Vraiment, tu n'as aucune confiance en moi !

Enfant, Charlotte avait appris que peu de gens étaient dignes de confiance. Et que rares étaient les promesses tenues.

— Je suis plutôt du genre méfiant, avoua-t-elle.

— Tu devrais apprendre à te fier à moi, si nous devons élever notre enfant ensemble. En attendant, pourquoi ne me présenterais-tu pas à ta famille dès demain, en annonçant que nous sommes fiancés, et que je suis le père de ton enfant ?

— Je crois que je ferais mieux de prendre le vol régulier sur lequel j'ai réservé. Ce sera bien moins compliqué.

— Tu as tort. Je suis certain que tes parents seraient heureux de savoir que tu n'as pas été abandonnée par celui qui t'a fait un enfant.

Qu'elle n'avait pas été abandonnée.

Pendant une fraction de seconde, le cœur de Charlotte se serra. Une bouffée de tristesse lui fit monter les larmes aux yeux, et elle dut cligner des paupières pour les contenir.

— Je ne pense pas que qui que ce soit, dans ma famille, soit bouleversé à l'idée que j'attends un enfant seule, répliqua-t-elle en se forçant à sourire. Par contre, me voir débarquer avec toi provoquerait certainement une révolution.

6.

Charlotte se réveilla à plusieurs reprises au cours de la nuit. Une douleur sourde la taraudait au niveau des reins, et son bas-ventre lui semblait tendu et lourd. Dans l'espoir de trouver un peu de soulagement, elle finit par se lever pour marcher, puis elle s'allongea de nouveau et s'endormit.

Sauf qu'au réveil, ses reins la faisaient davantage souffrir, et elle ressentait d'inquiétantes crampes au ventre. Étaient-ce déjà des contractions ? se demanda-t-elle, alarmée.

Peu à peu, les crampes devenaient de plus en plus insupportables, et il lui était même difficile de marcher.

Décidément, quelque chose n'allait pas.

Son téléphone portable s'était déchargé, et elle n'avait d'autre solution que se traîner jusqu'à la porte de sa chambre, en espérant que l'un des domestiques serait à portée de voix.

Fort heureusement, une femme de chambre passait à l'extrémité du couloir, les bras chargés de piles de linge. Charlotte l'interpella.

— Prévenez Brando que je suis sur le point d'accoucher, s'il vous plaît, dit-elle en grimaçant, sous l'effet d'une contraction particulièrement forte.

— Il faut vous allonger, déclara la femme. Laissez-moi vous aider, ensuite j'irai chercher du secours.

Brando fut au chevet de Charlotte en moins de cinq minutes. À le voir ainsi vêtu d'un blue-jean, d'un pull-over de laine fine, et de bottes en caoutchouc, il était clair qu'il avait passé les premières heures de la matinée dans les vignes. Il se pencha sur elle, scrutant son regard.

— Qu'est-ce qui t'arrive ? s'enquit-il.

— J'ai des contractions…, très fortes. Ce n'est pas normal. C'est trop tôt pour que j'accouche. J'ai peur, Brando.

Lui prenant la main, Brando la pressa pour la rassurer.

— J'ai demandé qu'on prépare l'hélicoptère. Nous serons à l'hôpital rapidement.

— Tu crois que c'est grave ? Est-ce que le bébé…

Exerçant de nouveau sur sa main une pression à la fois ferme et apaisante, Brando la fit taire.

— Calme-toi, *cara*, dit-il très doucement. Il ne sert à rien de se faire du souci à l'avance. Restons positifs.

Brando ne quitta pas Charlotte, jusqu'à ce qu'il soit prévenu que l'hélicoptère les attendait. Il était décidé à la conduire à l'unité de néonatalogie de Florence, plutôt qu'au petit hôpital de la vallée, destiné aux affections ordinaires.

À l'instant où son pilote l'informa qu'il était prêt à décoller, Brando prit Charlotte dans ses bras, et la porta jusqu'à l'appareil. Les contractions continuaient à la tourmenter, et chacune la faisait grimacer.

— Cela va aller, la réconforta-t-il, voyant la terreur dans son regard. Nous serons fixés, une fois à l'hôpital.

— Est-ce qu'un bébé peut vivre à six mois seulement ?

— Tu oublies qu'il était fermement décidé à exister. C'est un petit être solide et farouchement déterminé. Alors, oui, je suis sûr qu'il vivra.

Tout en refoulant ses larmes, Charlotte esquissa un sourire.

— Il est plutôt du genre obstiné, c'est ça ? observa-t-elle.

— Il faut croire qu'il ou elle ressemble à sa maman.

Le sourire de Charlotte s'élargit. Bien qu'il soit encore un peu tremblant, Brando le trouva absolument délicieux.

— Parce que son père ne l'est pas, peut-être ? dit-elle.

— Je suis l'homme le plus raisonnable, le plus rationnel qui soit au monde.

— Tu as oublié de mentionner arrogant.

Charlotte s'interrompit, et son regard d'azur s'emplit de larmes.

— Tout ce qui compte, reprit-elle, c'est que le bébé aille bien.

— Je suis certain que tout ira bien, insista Brando.

— Et si ce n'est pas le cas ?

— S'il y a des complications, tu seras entre les mains des meilleurs praticiens, dans l'un des hôpitaux les plus renommés d'Europe. Et je serai à tes côtés à chaque instant. Aie confiance en moi, et en l'avenir.

— J'essaie, Brando.

Elle se cramponna à sa main, dardant son regard sur lui. Puis, elle ajouta d'une voix brisée :

— Je veux ce bébé.

— Moi aussi, *cara*.

Il fallut moins de vingt minutes à l'hélicoptère pour se poser sur le toit de l'hôpital de Florence. Une équipe médicale les accueillit à peine eurent-ils atterri.

Respectant sa promesse, Brando ne quitta pas Charlotte pendant qu'elle était examinée. Ce fut en retenant son souffle qu'il assista à l'échographie.

Au grand soulagement de tout le monde, le cœur du bébé avait un rythme régulier, et il était clair qu'il se portait comme un charme.

Brando ne quittait pas l'écran des yeux, observant le moindre détail. Bien que ce genre d'examen soit nouveau pour lui, il aurait pu jurer que c'était un petit garçon que l'on découvrait sur l'image.

Il sentit son cœur se serrer, et l'émotion lui noua la gorge. Charlotte portait son fils.

— Vous êtes vraiment sûr que notre fils va bien ? demanda-t-il.

Le regard de Charlotte alla du médecin à Brando, puis revint sur le spécialiste.

— C'est un garçon ? demanda-t-elle.

Le médecin hocha la tête.

— Oui, fit-il. Et votre fils est en parfaite santé. Le problème est que vous, Charlotte, risquez d'accoucher prématurément. Nous allons tout faire pour maintenir cet enfant là où il est.

Ce fut une longue journée, mais les contractions finirent par s'apaiser, grâce au traitement prodigué à Charlotte, et elle s'endormit, épuisée par la souffrance et l'anxiété. Debout près du lit où elle reposait, dans la chambre individuelle qu'on lui avait attribuée, Brando la regardait dormir.

Charlotte avait retrouvé des couleurs, et ses longs cheveux blonds s'étalaient sur l'oreiller. Bouche entrouverte, elle respirait paisiblement, toute tension effacée de son adorable visage. Pour la première fois de la journée, Brando retrouvait, lui aussi, une respiration normale.

Il avait eu tellement peur ! Et il avait prié non seulement pour le bébé, mais pour Charlotte également.

Dire qu'elle tenait tant à ne compter que sur ses propres forces, à se débrouiller seule, à faire face sans le moindre soutien ! Pour la première fois, elle avait laissé tomber le masque, et montré sa terreur et son affolement. La carapace s'était fissurée, et elle avait beau ne pas vouloir l'avouer, Charlotte était vulnérable. De plus, il s'avérait qu'elle était terriblement seule au monde. Un mystère, avait songé Brando, sachant qu'elle appartenait à une nombreuse famille.

Dans la poche de son pantalon, il sentait son téléphone vibrer presque en continu. En quelques coups d'œil, il parcourut les SMS, puis les mails. Rien ne méritait qu'il s'en occupe sur-le-champ, aussi tira-t-il une chaise au bord du lit et s'y installa-t-il.

Lorsqu'il avait affirmé à Charlotte qu'il ne la quitterait pas, c'était en toute connaissance de cause.

Il avait beau avoir la certitude que la mère et l'enfant

étaient hors de danger, Brando ne désirait pas être ailleurs qu'auprès de ceux qui constituaient maintenant sa famille.

Sa famille.

Il se répéta ces mots *in petto*, réfléchissant à ce qu'ils impliquaient de prodigieux et impressionnant à la fois. Il allait avoir un fils.

Brando sentit une douce chaleur monter en lui. L'émotion comprimant sa poitrine était un mélange de fierté, d'espoir, d'émerveillement.

Élevé dans une famille particulièrement unie, il en avait parfois ressenti le poids. À vingt ans, il avait même éprouvé le besoin de s'en éloigner temporairement, surtout pour échapper à l'emprise d'un père qu'il jugeait trop autoritaire, trop peu respectueux de l'autonomie de ses enfants.

De plus, Brando se sentait tout à fait inutile parmi les siens. En effet, ses frères et sa sœur avaient déjà intégré l'entreprise familiale. Quel besoin avaient-ils de la contribution du petit dernier de la fratrie ? Il ne lui était offert qu'un emploi subalterne au sein de la société Ricci-Baldi. Les tâches à assurer étaient ennuyeuses et ne requeraient aucune capacité particulière. Par-dessus le marché, il n'avait pas tardé à se rendre compte que l'on pouvait commencer au bas de l'échelle pour un salaire bien plus satisfaisant dans d'autres compagnies.

Lorsqu'il s'était ouvert à son père de ces réflexions, celui-ci l'avait éconduit en affirmant que tout le monde était tenu de faire ses preuves, et qu'il ne pouvait espérer occuper un poste à responsabilité au même titre qu'Enzo et Marcello, lesquels avaient patiemment gravi les échelons.

Dans un acte de rébellion, Brando avait alors accepté la proposition que lui faisait une agence de mannequins basée à Milan. Ce n'était pas la première fois qu'il était approché pour faire des photos de mode, et il avait toujours su que sa famille désapprouverait grandement ce genre d'occupation. Cependant, puisqu'on lui refusait des tâches plus gratifiantes, et qu'il avait besoin de gagner sa vie, il avait fini par se résoudre à faire un essai. Évidemment, son père avait réagi comme Brando s'y attendait, en lui coupant les vivres. Ce qui ne l'avait nullement préoccupé. Au contraire, il en avait éprouvé une sorte de soulagement. Pour la première fois de sa vie, il n'avait à répondre de ses choix devant personne, et bien lui en avait pris : en l'espace de six mois, il avait gagné davantage qu'en deux années passées sous les ordres de son père et ses frères. À vingt-cinq ans, il s'était trouvé à la tête d'économies suffisantes pour chercher à les placer judicieusement. Après avoir acheté diverses actions en Bourse, puis investi dans l'immobilier, il s'était tourné vers les nouvelles technologies en prenant des parts dans deux start-up qui ne tardèrent pas à devenir des plus prospères.

Enfin, à vingt-six ans, il avait été en mesure de réaliser son rêve de toujours, en faisant l'acquisition d'un domaine viticole, à l'abandon, il est vrai.

C'était alors que son père était revenu vers lui. Puisqu'il s'avérait que Brando transformait en or tout ce qu'il touchait, le vieil homme lui avait proposé de revenir au sein de l'entreprise, bien sûr à des conditions bien plus favorables que précédemment.

Brando était encore en train de s'interroger sur la réponse à donner, lorsque son père était mort. C'était son plus grand regret que celui-ci n'ait pu le voir travailler aux côtés de ses frères et de sa sœur, améliorant les diverses marques possédées par la famille, et redonnant vie aux vignobles.

Sa mère avait beau répéter que le patriarche familial, de là où il était, devait certainement voir son dernier rejeton réussir au sein de l'entreprise, Brando s'était résolu à considérer que ce n'était pas le plus important. Ce qui comptait, c'était que ceux qui restaient sachent que, désormais, lui-même ne se déroberait plus jamais à ses responsabilités, ni à ses devoirs à l'égard de la famille.

Dorénavant, cela passerait en priorité dans sa vie.

Ce fut un murmure de voix qui tira Charlotte de sa torpeur. Au pied du lit, Brando était en grande discussion avec le médecin qui s'était occupé d'elle.

Lorsque Brando vit qu'elle avait ouvert les yeux, il s'approcha immédiatement.

— Comment te sens-tu ? s'enquit-il, son beau regard gris braqué sur elle.

— Bien mieux. Quelle heure est-il ?

— Presque 19 heures. Le Dr Leonardi venait vérifier que tout va bien, avant de rentrer chez lui.

Charlotte reporta son attention sur le praticien qui s'approchait à son tour.

— Merci pour tout ce que vous avez fait pour moi, lui dit-elle.

— Je n'ai fait que mon travail, répliqua-t-il. C'est une chance que vous ayez été emmenée aussi vite dans notre service. Tout est rentré dans l'ordre. Vous pouvez vous reposer. Vous êtes en sécurité, ici.

Brando le raccompagna jusqu'à la porte, puis il revint vers le lit.

— Est-ce que tu as faim ? demanda-t-il. Tu n'as rien mangé depuis ce matin.

— Oui, je commence à avoir un peu faim.

— C'est parfait ! Mon cuisinier est en route pour nous rejoindre. Ne t'inquiète pas, j'ai demandé l'avis du docteur. Il dit qu'un potage, des pâtes et un peu de viande ne peuvent que te faire du bien.

— Tu as pensé à tout.

— Je veux juste que tu te détendes. Après une bonne nuit de sommeil, nous verrons si tu peux sortir. Avec un peu de chance, ils ne te garderont pas longtemps.

Ce fut à cet instant que Charlotte se rappela son vol pour Londres.

— Mon avion ! s'exclama-t-elle. J'ai raté mon vol.

— Heureusement que cela t'est arrivé avant ton départ ! Les choses ne se seraient pas conclues aussi favorablement.

Se laissant retomber sur l'oreiller, Charlotte exhala un long soupir.

— Certainement pas, fit-elle. J'ai bien failli accoucher prématurément.

— *Cara*, le travail avait commencé ! Il a fallu te faire une injection pour arrêter les contractions. Une demi-heure plus tard…, et on risquait le pire. Notre fils serait déjà là.

— Je ne suis enceinte que de vingt-cinq semaines. Le pauvre petit n'aurait pas eu beaucoup de chances de survie.

— J'ai appris aujourd'hui que les bébés nés à ce stade de la grossesse peuvent survivre avec un long passage en soins intensifs.

— Sauf que cela ne garantit pas qu'ils soient exempts de toutes les complications que peuvent connaître les prématurés.

L'air grave, Brando releva une mèche égarée sur le front de Charlotte, dans un geste d'une étonnante tendresse.

— C'est vrai, dit-il. C'est pour cela que tu dois te reposer et te détendre. Pour donner à notre fils tout le temps dont il a besoin avant de venir au monde.

Charlotte suivit Brando des yeux, tandis qu'il sortait de la chambre. Pour passer un appel téléphonique, avait-il dit. Ou quelque chose dans ce genre. Elle était bouleversée, pas seulement parce qu'elle avait eu peur de perdre son enfant, mais par le comportement de Brando : sa gentillesse, sa force, son calme au plus fort de la tempête.

Elle s'efforçait toujours de garder la tête froide au milieu d'une crise, mais sans pouvoir se départir du sentiment de se faire passer pour ce qu'elle n'était pas. Car elle n'était pas autant maîtresse d'elle-même qu'elle le donnait à croire. C'était une image qu'elle projetait à l'extérieur, sachant combien les gens accordaient d'importance à une apparence de force morale et à la réussite. Le résultat de cette posture était souvent l'isolement.

Peut-être, songea Charlotte, aurait-elle dû apprendre à demander de l'aide lorsque c'était nécessaire ? Ou accepter plus aisément de montrer qu'elle désirait un peu d'attention ? Alors, peut-être serait-elle moins seule.

Sauf que pour créer de véritables liens d'amitié, il aurait fallu qu'elle sache accorder sa confiance. Qui sait si cela ne lui aurait pas permis de trouver un homme avec lequel entretenir une relation amoureuse ?

Au lieu de cela, elle se contentait d'admirer de loin des hommes remarquables, en prenant bien garde à ne pas s'engager, à ne pas risquer de s'attacher.

Enfin, tout ça jusqu'à ce qu'elle ait la mauvaise idée de céder à un coup de tête, et de passer une nuit dans les bras de Brando Ricci. Une nuit qui avait bouleversé sa vie. Pas seulement parce qu'il lui avait fait un enfant, mais aussi à cause des espoirs et des rêves qu'il avait fait naître en elle.

Elle éprouvait des sentiments à l'égard de Brando… De tendres sentiments.

Cependant, elle ne pouvait se faire d'illusions : Brando ne ressentait rien pour elle. Il avait offert de l'épouser parce qu'il était persuadé que c'était ce qu'il se devait de faire. Charlotte ne doutait pas qu'il aille jusqu'au bout de ses intentions, pour les mêmes incontournables raisons. Sauf qu'il ne l'aimait pas, et qu'il lui serait probablement impossible de demeurer fidèle. Or, il était hors de question qu'elle accepte de lier son sort à un homme qui ne voulait pas véritablement d'elle.

Elle en était là de ses réflexions, lorsque Brando réapparut, accompagné d'un homme tiré à quatre épingles. La seule indication qu'il était le cuisinier de Brando, c'était le volumineux panier qu'il tenait dans une main, tandis que dans l'autre il avait un sac isotherme. Il couvrit d'une nappe la table, à côté du lit, puis disposa les plats sortis du sac.

Fascinée par les mouvements du chef, Charlotte en oubliait de jeter le moindre regard en direction de Brando. Pourtant, elle avait une conscience aiguë de son regard posé sur elle. Personne ne l'avait jamais contemplée avec une telle intensité.

Le chef s'éclipsa aussi discrètement qu'il était entré, laissant Brando faire le service. Ensemble, ils dégustèrent le délicieux risotto aux fruits de mer, puis Brando s'attaqua au plat de viande que Charlotte n'eut pas la force de partager avec lui.

Elle l'observa pendant qu'il rangeait soigneusement vaisselle et plats dans le panier, et posait sur sa table de nuit la bouteille d'eau gazeuse entamée.

— Merci, murmura Charlotte, la gorge nouée.

Elle n'avait pas souvenir que quelqu'un ait été ainsi à ses petits soins.

— Je t'en prie, répondit-il. Tu n'as pas oublié qu'il y a un dessert, j'espère. De la mousse *al cioccolato.* Ton dessert préféré, si je ne me trompe.

Lorsqu'ils avaient terminé la nuit du nouvel an chez Brando, il avait demandé qu'on leur prépare un en-cas. Parmi les délices apportées par sa gouvernante, il y avait effectivement de la mousse au chocolat. Et Charlotte se souvenait parfaitement d'en avoir fait manger à Brando, à la cuillère, pendant qu'elle le chevauchait, sur son lit. Avant de décider que c'était vraiment trop bon pour être partagé. Aux images qui surgissaient à sa mémoire, elle se sentit devenir écarlate.

— Est-ce un heureux hasard ? s'enquit-elle. Ou bien as-tu expressément demandé que ton chef en prépare ?

— Je le lui ai demandé.

À sa grande honte, Charlotte comprit qu'elle était au bord des larmes. Elle se cramponna à sa couverture.

— Je ne sais plus que dire, murmura-t-elle.

— À cause de la mousse ?

— Non, à cause de la façon dont tu t'es comporté avec moi, aujourd'hui.

Elle sentait son cœur battre follement, sous l'effet de l'étrange émotion enserrant sa poitrine. Une émotion qui se propageait jusque dans la moindre parcelle de son corps.

Brando n'était pas le premier avec lequel elle avait couché. Pourtant, il lui avait donné le sentiment d'être incroyablement innocente, inexpérimentée, de ne rien connaître aux choses de la vie. Avec lui, elle avait eu envie de croire que le monde pouvait être différent, qu'il existait des êtres bienveillants, patients, attentionnés.

Aujourd'hui, il lui faisait prendre conscience qu'elle avait terriblement besoin de lui ; pour autant qu'il lui soit difficile de l'admettre à ses propres yeux.

Qu'aurait-elle fait si Brando n'avait pas été auprès d'elle lorsque les contractions avaient commencé ? Et comment se serait-elle débrouillée sans lui, tout au long de la journée ? Il s'était occupé de tout, avec le plus grand calme. Il s'était montré aussi énergique que protecteur.

C'était une sacrée leçon d'humilité, pour Charlotte, de réaliser combien il était agréable de s'en remettre à autrui pour gérer une situation compliquée, d'accepter que quelqu'un se montre fort à votre place.

— Est-ce que je t'ai déjà remercié pour tout ce que tu as fait aujourd'hui ? demanda-t-elle. Je ne sais pas ce que…

— Tu m'as remercié, l'interrompit-il posément. Et tu n'as pas à le faire. C'était mon choix, de rester auprès de toi. Je n'aurais voulu être ailleurs pour rien au monde.

Elle hocha la tête.

— Je te crois, dit-elle.

Un coin de la bouche de Brando se releva.

— Serions-nous sur la bonne voie, *cara* ?

— Je ne sais pas. Mais je veux que tu saches combien j'apprécie tout ce que tu as fait pour moi. Je t'en suis très reconnaissante. Et notre bébé l'est aussi, c'est sûr.

Pour la première fois, Charlotte avait prononcé ces mots – *notre bébé* – avec le plus parfait naturel. Comme une évidence. Car c'était effectivement *leur* bébé, et il était hors de question qu'elle en écarte Brando. Ni même qu'elle entre en conflit avec lui sur les problèmes de garde. Elle était désormais certaine qu'il serait un père merveilleux. Comment pourrait-elle le priver de l'opportunité d'être présent à chaque instant de la vie de son enfant ? Ou priver cet enfant de la sécurité que lui apporterait un père dévoué ?

Prenant l'humeur songeuse de Charlotte pour de la fatigue, Brando insista pour la laisser dormir.

— Je me suis entendu avec l'infirmière pour qu'elle m'appelle si tu as besoin de quoi que ce soit au cours de la nuit, dit-il. Par exemple, si tu as une envie soudaine de crème glacée, ou si tu as une insomnie et que tu souhaites bavarder un moment.

Charlotte lui adressa un sourire en coin.

— Je peux vraiment t'appeler en pleine nuit, juste pour bavarder ? demanda-t-elle.

— Si tu te sens seule ou que tu t'ennuies, n'hésite pas à demander à l'infirmière de te procurer un téléphone, et je me ferai un plaisir de te tenir compagnie au bout du fil.

— Et si j'ai besoin de toi en personne ?

— Je saute dans mes vêtements et j'accours !

— Tu accepterais même de rester ici, toute la nuit ?

Les mots étaient sortis de la bouche de Charlotte sans même qu'elle réfléchisse.

— Si cela peut te rassurer, j'en serais ravi. On m'a dit que le petit canapé, là, pouvait servir de lit.

Charlotte jeta un bref coup d'œil à la modeste couche puis reporta son attention sur l'impressionnante carrure de Brando et sa haute stature.

— Non, fit-elle, tu y serais très mal.

— Cela m'est égal, si tu te sens plus tranquille.

Un instant, Charlotte se figura ce qu'elle ressentirait si Brando dormait près d'elle.

— Non, redit-elle, je risquerais de ne pas fermer l'œil. Il vaut mieux que tu rentres chez toi, et que tu reviennes demain matin. Si tu en as le temps.

S'inclinant au-dessus du lit, Brando déposa un baiser sur son front, puis lui effleura brièvement les lèvres.

— *Cara*, dit-il en se relevant, j'ai tout mon temps pour toi. Est-ce que tu as besoin d'autre chose, avant que je m'en aille ?

Alors, subitement, sans qu'elle sache pourquoi, Charlotte fut submergée par l'envie que Brando reste auprès d'elle. Pas seulement pour la nuit, mais pour toujours.

— Tout va bien, dit-elle en détestant la tonalité rauque de sa propre voix et la façon dont son cœur se serrait douloureusement. Va te coucher. Dors bien, et nous nous verrons demain matin.

C'était plus facile à dire qu'à faire, songea Brando lorsqu'il eut regagné son élégant appartement. Il arpenta le premier puis le second étage, là où se trouvait son bureau personnel. S'installant dans son fauteuil, il passa en revue le courrier que lui avait déposé son assistante, et signa quelques documents.

Ses pensées allaient de Charlotte dans son lit d'hôpital aux images de l'échographie sur lesquelles il avait vu son fils pour la première fois, ce bébé si petit et pourtant parfait. Désormais Brando était fermement décidé à faire tout ce qui était en son pouvoir pour assurer la sécurité de son enfant, et son avenir. À partir de ce jour, plus rien d'autre ne comptait que Charlotte et leur bébé. Tout le reste était secondaire.

Son téléphone vibra, annonçant la réception d'un SMS. Brando regarda immédiatement l'écran, à l'idée que cela pouvait être Charlotte. En fait, c'était un message de Louisa.

Salut, beau gosse. Je suis libre, ce soir. Et toi ?

Brando pianota sa réponse sur son clavier :

Désolé, non.

Il réfléchit un instant avant d'ajouter :

J'ai apprécié les moments passés ensemble, mais je ne suis plus célibataire. *Ciao, e abbi cura di te.*

Adieu, et prends soin de toi.

7.

Lorsque Brando entra dans la chambre, ce fut pour trouver Charlotte assise dans son lit, le visage crispé. Il déposa un léger baiser sur son front et l'interrogea :

— Qu'est-ce qui ne va pas ?

— J'ai besoin de mon téléphone et de mon ordinateur. Il faut que je consulte les messages de mes clients…

— Calme-toi. Tu dois te reposer, pas te mettre dans un tel état.

Charlotte prit une profonde inspiration.

— Je n'ai pas l'habitude d'être injoignable, dit-elle. Est-ce que je vais rester ici longtemps ?

— Nous verrons cela avec le docteur lorsqu'il passera faire sa visite. Si nécessaire, je te ferai apporter ce dont tu as besoin.

Pendant quelques secondes, Charlotte demeura silencieuse, puis elle hocha la tête.

— S'il faut que je sois hospitalisée quelques jours, je m'y résoudrai. Mais je me sentirais beaucoup mieux avec mon matériel de travail.

— Est-ce que cela ne risque pas de te causer un stress supplémentaire ?

— Au contraire, ce qui me stresse c'est de ne pas pouvoir communiquer avec mes clients. Je dois les informer que je prends une ou deux semaines de congé, et que je les contacterai ensuite. Je serai plus rassurée ainsi.

— D'accord.

Sourcils froncés, Charlotte vrilla à celui de Brando un regard toujours soucieux.

— J'imagine que je ne vais pas pouvoir reprendre l'avion dans l'immédiat, non ? dit-elle.

— Ce ne serait pas prudent.

— Oui, je le pense aussi.

Un instant, elle laissa son regard errer vers la fenêtre et, par-delà, sur les collines entourant la capitale toscane.

— Je ne veux pas revivre l'épisode d'hier, ajouta-t-elle.

— Moi non plus.

Brando vit Charlotte triturer le drap blanc. Il lui prit la main.

— Tout va bien, dit-il d'un ton ferme.

Il était absolument déterminé à ce qu'elle se détende. Le bébé avait besoin qu'elle soit calme et sereine.

Elle leva vers lui ses beaux yeux bleus. Un voile de larmes les brouillait.

— Pour l'instant, oui, fit-elle. Mais je ne peux pas m'empêcher de penser à tout ce qui aurait pu se passer, si j'avais été dans l'avion, ou…

— Sauf que tu étais avec moi, et que nous avons pu atteindre l'hôpital assez tôt.

Il pressa tendrement ses mains nouées.

— Et puis, reprit-il, tout n'est pas négatif. Nous avons vu notre bébé. Nous avons pu constater qu'il est en bonne santé, et qu'il est magnifique.

— Je n'irais pas jusqu'à le qualifier de magnifique, observa Charlotte, amusée. Même si je suis persuadée qu'il le sera.

— Il l'est déjà pour moi, objecta Brando d'une voix rauque. Mon fils. *Notre fils.* C'est miraculeux. Je n'avais pas prévu de fonder une famille aussi tôt et, tout à coup, voilà que c'est fait. Je promets de prendre soin de vous deux pour toujours.

Brando avait espéré que ses paroles aideraient à rasséréner Charlotte, pourtant il vit des larmes perler à ses cils.

Elle libéra ses mains pour essuyer celles qui commençaient à couler.

— Je déteste pleurer, maugréa-t-elle. Pardonne-moi.

Le cœur de Brando se serra.

— Tu n'as pas à t'excuser, dit-il en pesant ses mots pour ne pas la vexer. C'est tout à fait normal de donner libre cours à ses sentiments. Les Italiennes ne se cachent pas d'être passionnées et émotives. Pour autant, elles n'ont rien de faible. C'est justement leur capacité à éprouver et exprimer des émotions qui font d'elles des femmes fortes.

Du plat de la main, Charlotte finit de sécher ses yeux.

— Tu sembles t'y connaître en matière de mentalité féminine, observa-t-elle.

— À t'entendre, on pourrait croire que c'est une faute.

— Pas du tout ! Je suis juste étonnée que tu te refuses obstinément à tout engagement sérieux, alors que tu es l'incarnation de l'homme idéal. Tu n'es pas marié…

— Si je l'étais, nous ne serions pas là aujourd'hui. Je n'aurais jamais passé ne serait-ce qu'une nuit avec toi.

Entre ses cils humides, Charlotte lui lança un regard perplexe.

— Tu ne serais pas le premier à entretenir des liaisons, dit-elle. C'est ce qui a provoqué le divorce de mes parents. Et c'était également un grave problème entre ma mère et son deuxième mari.

— Ce genre de comportement est, à mes yeux, inexcusable. Je ne sais pas si mon père a jamais eu une liaison, mais il a adoré ma mère jusqu'à son dernier souffle. Et il a appris à ses fils à protéger leur famille, quoi qu'il en coûte. Or, cela exclut totalement les infidélités.

— Tu veux dire que, si tu te maries, tu t'interdiras les liaisons extraconjugales ?

— Ce serait contraire à tous mes principes.

— Mais alors, pourquoi n'es-tu pas encore marié ?

— Parce que je n'ai pas trouvé celle à qui j'ai envie de me lier pour le restant de mes jours.

Détournant le regard, Charlotte mordit sa lèvre inférieure pour l'empêcher de trembler. Son cœur avait suspendu ses battements. Car il était clair que Brando l'épousait par devoir, non parce qu'il avait trouvé la femme de sa vie.

Cependant, les événements de la veille avaient fait comprendre à Charlotte qu'elle ne pouvait se débrouiller par elle-même comme elle l'avait cru. Que se passerait-il si l'enfant était prématuré ? S'il naissait avec des problèmes de santé ? Elle n'aurait pas la force d'affronter seule ce genre de situation.

— Tu te souviens que nous nous étions promis d'être honnêtes l'un avec l'autre ? demanda-t-elle, l'estomac noué.

Brando opina du chef.

— Eh bien, dit-elle, je vais te parler franchement. Sauf que cela ne m'est pas facile. Le problème est que je tiens beaucoup à mon indépendance.

Elle marqua une pause, essayant de déchiffrer l'expression de Brando. Son regard couleur argent ne laissait rien deviner de ses pensées.

— Je me suis trompée, se lança-t-elle. Toute seule, je n'arriverai pas à faire face à tous les écueils possibles de la maternité. Je n'imagine même pas comment je me serais débrouillée, hier, si tu n'avais pas été là.

De nouveau, Charlotte s'interrompit. Jusqu'au moment où elle eut le sentiment de maîtriser ses émotions. Ce qui n'était guère facile, submergée comme elle l'était par la prise de conscience de la réalité des choses.

— J'essaie toujours d'être forte, reprit-elle. Sauf que, là, l'idée que le bébé risquait de naître à peine six mois m'a vraiment terrifiée.

— Il y avait de quoi. Mais tout va bien, maintenant. Autant pour lui que pour toi.

— Pour l'instant.

Charlotte leva les yeux et soutint le regard de Brando. Les choses étaient sérieuses. Il était impératif qu'il comprenne qu'elle parlait sérieusement.

— J'ai réalisé que le bébé peut être prématuré ; qu'il peut souffrir de graves séquelles…

Sa voix se brisa, et elle dut déglutir avant de poursuivre :

— J'ai été terriblement naïve. Et surtout très égoïste. Ce n'est pas seulement *mon* bébé. C'est aussi le tien. Et il est plus que normal que tu fasses partie de sa vie.

— J'en ai bien l'intention.

Hochant la tête, Charlotte mordit une nouvelle fois sa lèvre inférieure. Pendant quelques secondes, le silence régna. Puis, elle le rompit, disant d'une voix très douce :

— Tu as été formidable, hier. Tu as fait preuve d'un tel calme, d'un tel courage, que…

Sa voix se brisa, et elle dut lutter pour contenir ses larmes. Charlotte n'aurait su dire ce qui la faisait craquer de la sorte. Il n'était pas dans ses habitudes de pleurer. Or, elle avait l'impression de s'être transformée en véritable fontaine, ses larmes coulant librement aux moments les plus inattendus.

— J'ai compris que je ne pouvais pas avoir ce bébé sans toi, Brando, reprit-elle. En fait, je ne *veux* pas être seule pour…

Cette fois, elle fut interrompue par le médecin et l'infirmière qui entraient dans la chambre. L'obstétricien vint se planter au pied du lit.

— Alors, comment nous sentons-nous aujourd'hui ? lança-t-il, son regard allant de Charlotte à Brando. On m'a rapporté que vous aviez eu une nuit plutôt agitée. L'infirmière de garde dit que vous n'avez pas beaucoup dormi. Pourtant, il est essentiel que vous vous reposiez.

Haussant un sourcil d'un noir de jais, Brando interrogea Charlotte du regard. Elle préféra l'ignorer et s'adressa au Dr Leonardi.

— Je n'imaginais pas qu'un hôpital soit aussi bruyant, expliqua-t-elle. J'avoue que j'ai eu du mal à me rendormir à chaque fois que j'ai été réveillée. Brando a promis de me faire apporter mon ordinateur, ce qui me permettra de travailler pendant mes insomnies.

— Est-ce que votre travail est très éprouvant ? s'enquit le praticien. Vous devez éviter les activités stressantes. Mieux vaut lire quelque chose qui vous détende. Un roman d'amour, par exemple, comme ceux que lit mon épouse. D'après elle, c'est un excellent moyen de s'évader.

Charlotte se força à afficher une expression aimable, ne laissant rien deviner de son opinion sur le sujet. Jamais on ne la trouverait occupée à ce genre de passe-temps. Il lui arrivait de lire des biographies, des ouvrages historiques, des romans policiers, mais les romans d'amour, ce n'était pas pour elle. C'était réservé aux naïfs susceptibles de croire aux heureux dénouements. Ce qui n'était pas son cas.

— Avez-vous une idée du temps que Charlotte va devoir passer ici ? s'enquit Brando.

— Un jour ou deux, je pense, répondit l'obstétricien. Ensuite, nous vérifierons si tout va bien. Si tel est le cas, vous pourrez la ramener à la maison. À la condition qu'elle observe plusieurs heures de repos quotidien.

— Pendant combien de temps ? s'affola Charlotte.

— J'ai bien peur que ce soit jusqu'à la fin de la grossesse.

— Pendant trois mois !

— Oui, mais je n'exige pas que vous restiez allongée toute la journée. Il faut seulement que vous ayez une activité restreinte, avec de longues plages de repos. Par contre, je déconseille toute activité sexuelle. Cela libère des prostaglandines du même type que les traitements utilisés pour provoquer l'accouchement.

Charlotte rougit.

— Ce n'est pas un problème, dit-elle.

— Cela ne durera pas éternellement, rassurez-vous, répliqua le médecin en souriant. Après l'accouchement, il vous faudra quelques semaines de rétablissement, puis vous pourrez reprendre une vie sexuelle…

— Y a-t-il d'autres consignes à observer ? l'interrompit Charlotte, affreusement embarrassée. Ou dois-je simplement rester tranquille ?

— Restez tranquille et détendez-vous. Je repasserai vous voir dans l'après-midi.

Après l'avoir gratifiée d'un sourire bienveillant, le médecin sortit en compagnie de l'infirmière.

C'est à peine si Charlotte osait tourner son regard vers Brando. Tout cela la mettait horriblement mal à l'aise. Elle avait l'impression que sa vie échappait totalement à son contrôle.

— Eh bien, j'imagine que nous voilà fixés, dit-elle en triturant la couverture.

— Oui, répliqua Brando, nous sommes interdits de relations sexuelles…

— Ce n'est pas ce dont je parlais, l'interrompit Charlotte. Tu le sais parfaitement, et tu essaies juste de me tourmenter.

— Pas du tout ! Je pense seulement que, si nous sommes dans cette situation, c'est parce que nous avons eu une magnifique relation sexuelle dont je garde un souvenir ébloui. Je n'ai probablement jamais rien vécu d'aussi fabuleux en la matière.

D'un mouvement brusque, Charlotte releva la tête et fixa Brando à l'autre extrémité de la pièce. Appuyé au mur, une épaule contre le bord de la fenêtre, il était baigné par la lumière du soleil, entourant sa tête d'un halo. L'ébauche d'un sourire flottait sur ses lèvres, et la lueur qui brillait dans son regard gris argent fit s'affoler le pouls de Charlotte.

Brando était grand, mince, incroyablement séduisant, et il lui avait appartenu l'espace d'une nuit magique.

Deux jours plus tôt, il lui avait proposé de l'épouser. Ce qui signifiait que, si elle le voulait, il serait à elle pour toujours.

Serait-il heureux, cependant ? Et elle-même ?

— Quand le Dr Leonardi est entré, nous parlions de choses importantes, déclara Brando, dont le visage avait retrouvé une expression sérieuse. Tu venais d'avouer que tu ne pouvais pas, et ne *voulais* pas, avoir cet enfant toute seule. Alors, qu'envisages-tu ? Quelle décision allons-nous prendre ?

La bouche terriblement sèche, Charlotte ne savait que répondre.

— Qu'est-ce que tu en penses ? éluda-t-elle.

— Non, je veux te l'entendre dire toi-même. Nous savons tous les deux quelle est ma réponse.

Déglutissant péniblement, Charlotte avait l'impression que sa langue était comme du carton. Cela lui prit un temps infini de pouvoir former des mots. Silencieux, Brando attendait patiemment, se contentant de fixer sur elle un regard perçant.

— Tu… Tu penses…, balbutia Charlotte. Tu crois que… Enfin, tu as dit que… que nous devrions… nous marier.

— Et toi, qu'en penses-tu ?

Charlotte eut la sensation qu'une dague lui transperçait la poitrine.

— J'imagine que nous devons faire ce qui est le mieux pour le bébé, répondit-elle.

— C'est-à-dire ?

Décidément, Brando ne lui simplifiait pas la tâche. Elle prit une profonde inspiration.

— Nous marier, dit-elle dans un souffle.

— Quand ?

Charlotte eut un haussement d'épaules désabusé.

— Dès que possible ? C'est cela ?

Brando était attendu pour une réunion qu'il ne pouvait se permettre d'annuler. Il promit de revenir pour déjeuner.

Deux heures plus tard, il était de retour, muni de l'ordinateur et de la trousse de toilette de Charlotte. Elle n'aurait su dire ce qui lui faisait le plus plaisir : se brosser les cheveux, ou jeter un coup d'œil à ses mails.

Le cuisinier de Brando se matérialisa presque sur les talons de celui-ci, chargé du nécessaire pour un déjeuner léger.

Une fois que tout fut rangé, Charlotte et Brando se mirent chacun au travail sur leurs ordinateurs respectifs.

Après avoir répondu aux mails les plus urgents, elle rédigea un message à l'intention de ses clients, annonçant qu'elle prenait quelques semaines de congé pour raisons personnelles, les assurant qu'elle reprendrait le travail à la fin du mois de juillet. À peine avait-elle expédié cette annonce qu'elle reçut en retour quantité de mails lui demandant si tout allait bien. Ce fut seulement alors que Charlotte prit conscience d'avoir été maladroite dans sa formulation. Habituellement, elle était experte dans l'art de traiter les questions délicates. Il ne semblait pas qu'elle fasse preuve d'autant d'habileté s'agissant de ses propres affaires.

Elle ne se rendit compte qu'elle avait donné libre cours à son agacement de vive voix que lorsque Brando leva la tête.

— Qu'est-ce qui ne va pas ? demanda-t-il.

Poussant un long soupir, Charlotte se massa les tempes dans l'espoir d'apaiser la migraine qu'elle sentait monter.

— Je crois que je viens de commettre une gaffe, répondit-elle. Pour rassurer mes clients, j'ai prévenu que je prenais un petit congé, et ça a exactement l'effet inverse de celui que j'escomptais. Je suis bombardée de messages me demandant si tout va bien, si l'on peut faire quelque chose pour moi. C'est exactement ce que je voulais éviter.

— Que leur as-tu dit ?

— Que j'avais besoin de prendre un congé pour raisons personnelles. Je n'aurais pas dû mentionner cela.

— Pourquoi n'avoir pas dit que tu interrompais ton travail pour cause de « mariage et lune de miel » ? Tout le monde se serait réjoui pour toi. Ta formulation sous-entend que tu as des problèmes.

— Mais je ne peux pas annoncer que je vais me marier. Je ne sais même pas quand. La cérémonie n'aura peut-être lieu que dans quelques mois…

— *Cara*, je tiens à ce que cela se passe avant la naissance du bébé. Or, comme il a l'air décidé à montrer le bout de son nez plus tôt que prévu, mieux vaut ne pas traîner.

Fermant son ordinateur portable, Charlotte le serra contre sa poitrine.

— Que prévois-tu ? demanda-t-elle.

— De faire ça le plus tôt possible.

Lorsque le Dr Leonardi revint pour sa visite du soir, Brando n'avait pas encore quitté Charlotte. Il sortit pendant l'examen, puis revint dans la chambre.

— Tout continue à se passer au mieux, déclara le médecin. Nous sommes tirés d'affaire. Néanmoins, je tiens à ce que Charlotte reste allongée pendant deux ou trois jours, ensuite il lui sera possible d'avoir un peu plus d'activité.

Charlotte lança à Brando un coup d'œil plein d'espoir.

— Est-ce que je peux sortir, alors ? demanda-t-elle.

— Demain, peut-être.

— Je suis sûre que je me reposerai mieux à domicile, insista-t-elle.

Brando promena son regard sur la chambre d'hôpital.

— J'aimerais autant que Charlotte soit à la maison, dit-il. C'est effectivement bruyant, ici. Je ne suis pas persuadé que ce soit l'environnement le plus propice au repos.

— Sauf qu'ici Charlotte est entourée d'infirmières, et que nous disposons du matériel nécessaire à sa surveillance, protesta le praticien.

— Ne serait-il pas possible de faire installer le même type d'équipements à domicile, et d'embaucher une infirmière ?

— Ce serait terriblement coûteux…

Il s'interrompit en voyant la mimique de Brando.

— Bon, d'accord, reprit-il, Charlotte peut être surveillée chez vous. Néanmoins, il est indispensable qu'elle se repose. Sinon, vous ne tarderez pas à être de retour, et je crains qu'il soit plus difficile d'interrompre le travail, cette fois.

— Rassurez-vous, docteur, nous serons très prudents.

Le Dr Leonardi opina de la tête.

— Très bien, dit-il. Je vais organiser sa sortie pour demain. Mais n'oubliez pas qu'il ne lui faut aucun stress, aucune excitation. Il est hors de question que Charlotte soit soumise à des pressions de quelque ordre que ce soit.

— Entendu ! déclara Brando.

Charlotte s'était figuré que Brando la ramènerait à son hôtel particulier, au centre de Florence, mais l'hélicoptère les attendait à sa sortie d'hôpital pour les reconduire au *castello.*

— L'air est meilleur à la campagne, expliqua Brando. Et tu y seras plus au calme.

Cette fois, libérée des douleurs des contractions, Charlotte eut tout loisir d'admirer le paysage et la mosaïque colorée des champs montant à l'assaut des collines toscanes.

Lorsqu'ils eurent atterri, Brando la prit dans ses bras pour la porter à l'intérieur du *castello*. Elle eut beau protester qu'il ne lui était pas interdit de faire quelques pas, son chevalier servant ne voulut rien entendre et il l'emporta jusqu'au second étage aussi facilement que si elle avait été légère comme une plume.

Ce fut seulement lorsqu'ils pénétrèrent dans une vaste chambre que Charlotte comprit qu'elle ne retournait pas dans celle qu'elle avait occupée précédemment. Brando prévoyait assurément de lui faire partager la sienne.

— Que fais-tu ? dit-elle d'une petite voix, comme il la déposait sur l'immense lit.

— Je te garde près de moi, répondit-il. Ce sont les ordres du médecin.

— Je croyais que tu prévoyais d'engager une infirmière.

— Tout à fait. Mais pour la journée, seulement. La nuit, je tiens à garder un œil sur toi.

— Parce que ce ne sera pas une cause de stress et d'excitation, peut-être ?

— Pas pire que si je débarque dans ta chambre trois fois par nuit pour vérifier si tout va bien.

Se redressant en appui sur les coudes, Charlotte s'assit.

— Je ne vois pas pourquoi tu ferais cela, protesta-t-elle. Je suis tout à fait capable de crier à tue-tête pour t'appeler.

— Mais, comment donc !

Un petit sourire flottait sur les lèvres de Brando. Il avait compris qu'elle plaisantait.

Charlotte y fut sensible. Tout comme elle était de plus en plus sensible aux qualités de cet homme. Bien plus qu'elle ne serait prête à le lui avouer.

— Je ne suis pas certaine d'arriver à dormir avec toi, dit-elle. Je dors mal si je dois partager le lit de quelqu'un.

— Il faut que je puisse te surveiller.

— Enfin, Brando ! Il ne va rien m'arriver pendant la nuit. Je ne vais pas m'évaporer, ni accoucher en un clin d'œil. Tout va bien. J'ai juste besoin de rester tranquille.

— Dans mon lit.

— Brando ! Tu es en train de devenir une cause de stress et d'excitation !

— *Bella !* C'est toi qui te mets dans tous tes états en te chamaillant avec moi. Quand donc finiras-tu par accepter l'inévitable ? Fais-toi à l'idée que tu es bel et bien coincée avec moi.

Puis il s'inclina vers elle et prit ses lèvres en un long baiser sensuel qui la fit complètement fondre et fit se dresser les petits cheveux sur sa nuque. Ses mamelons durcis pointaient déjà sous son corsage. Lorsque Brando finit par s'écarter, Charlotte avait l'impression que du miel chaud coulait dans ses veines.

— Cela n'aura pas que des inconvénients, tu verras, lui susurra-t-il, tout contre sa bouche.

De nouveau ses lèvres effleurèrent celles de Charlotte, lentement, avec une volupté à la rendre folle.

— Pour l'instant, relaxe-toi, chuchota-t-il, en l'embrassant sur la joue, puis tout près du lobe de son oreille, à cet endroit incroyablement sensible.

En soupirant, Charlotte se cambra. Des sensations exquises envahissaient tout son corps.

— Je ne suis pas certaine que le Dr Leonardi approuverait, murmura-t-elle.

— Je promets de ne pas te faire jouir.

Un petit rire monta de la gorge de Charlotte, puis se transforma en un gémissement de plaisir car Brando lui mordillait le cou. Un brasier s'alluma en elle, et des flèches incandescentes coururent jusque dans ses orteils.

Nouant les bras autour du cou de Brando, elle enfouit les doigts dans l'épaisseur de ses boucles brunes.

— Si tes baisers me renvoient à l'hôpital, je…

— Je ne me le pardonnerai jamais.

Charlotte fut soulagée lorsque Brando sortit. Une fois qu'elle fut certaine d'être tranquille, elle s'enferma dans la salle de bains, se déshabilla et prit un long bain dans la confortable baignoire. Après s'être lavé les cheveux, elle s'en extirpa, se sécha, et regagna le lit.

Le calme absolu de la pièce était une bénédiction, après le bruit et l'agitation de l'hôpital, et elle ne tarda pas à sombrer dans un profond sommeil.

Lorsqu'elle ouvrit les yeux, plus d'une heure plus tard, ce fut pour constater que l'on avait posé, sur la table de nuit, une carafe d'eau et un verre, ainsi qu'une coupe de fruits et une assiette de *biscotti*. Ce n'était pas tout : contre le pied de lampe, un registre à couverture de cuir était assorti d'un post-it portant les mots :

Charlotte, pour que tu fasses ton choix.

C'était l'écriture de Brando. Elle prit le registre, et l'installa en appui sur ses genoux relevés. Puis, elle ouvrit la luxueuse couverture de cuir couleur crème.

Sur la page de garde s'étalait l'inscription :

COLLECTION DE ROBES DE MARIÉE
DE LA MAISON RICCI-BALDI

Charlotte feuilleta la totalité des pages présentant une vingtaine de robes dessinées par Livia Ricci et son mari, le couturier Luca Baldi.

De toute évidence, Brando lui demandait d'en choisir une. Était-elle en train de rêver ?

Tout à coup, elle fut assaillie par une angoisse sourde. Aurait-elle vraiment la force de vivre cela ? Avec un grand soupir, elle referma le catalogue et le remit en place.

Au fond de son cœur, elle ne se voyait pas portant une robe de mariée haute couture, créée par le duo de designers le plus célèbre de toute l'Italie.

Son union avec Brando n'avait rien d'un mariage de rêve. Ce n'était que la conclusion d'une transaction légale. Pour ce genre de cérémonie, il n'était pas besoin de robe blanche, de fleurs, de voile vaporeux. Ils se marieraient sans chichis, en petit comité, devant quelque officier d'état civil parfaitement anonyme.

Mieux valait que leur vie conjugale ne débute pas dans l'illusion qu'ils contractaient un mariage d'amour. Charlotte savait parfaitement qu'elle avait tout intérêt à ne pas poursuivre des chimères. Sinon, le beau Brando Ricci ne manquerait pas de lui briser le cœur.

Brando revint des vignes pour découvrir que Charlotte avait réintégré sa propre chambre.

Ce fut après avoir frappé légèrement à la porte qu'il y pénétra, agacé de constater qu'elle ne tenait aucun compte des souhaits qu'il avait fermement exprimés.

— À quoi joues-tu en transportant toutes tes affaires dans une chambre où tu vas être seule, la nuit ?

Charlotte remonta la couette jusqu'au menton, afin de dissimuler sa poitrine et son ventre rond.

— Si tu veux le savoir, je n'ai rien transporté moi-même, répliqua-t-elle vertement. Ton personnel s'en est aimablement chargé pour moi. De plus, je n'ai aucunement besoin que l'on me surveille comme le lait sur le feu.

D'un pas nerveux, Brando allait et venait autour du lit.

— Et s'il se passe quelque chose au cours de la nuit ?

— Nous vivons à l'ère du téléphone portable, non ? Je peux te joindre à n'importe quel moment. Il est tout à fait inutile d'être aussi alarmiste, Brando. Le Dr Leonardi a dit que tout était redevenu normal.

— Pas tout à fait ! Il voulait même te garder à l'hôpital. C'est moi qui ai insisté pour te ramener ici, mais contre la promesse que tu serais correctement surveillée.

— Et c'est le cas ! La sage-femme commence ses visites demain. Jusque-là, j'ai la ferme intention de me reposer. Tu peux me faire monter un plateau. Je dînerai tôt.

Un instant, Brando sembla prêt à protester, puis il se ravisa et hocha la tête.

— Très bien, fit-il.

Il était sur le point de sortir, lorsqu'il se tourna vers Charlotte.

— Est-ce que tu as trouvé une robe qui te convient parmi les créations de Livia et Luca ? ajouta-t-il.

La dernière chose à laquelle Charlotte se sentait prête, c'était discuter préparatifs de mariage. Cependant, elle préféra ne pas offenser Brando en l'informant qu'elle n'avait aucune envie de choisir l'une d'elles pour le moment.

— Elles sont toutes tellement belles que je n'ai pas pu me décider.

— Pas de problème. Nous regarderons cela ensemble. *Buona notte*, Charlotte.

— Bonne nuit, Brando.

8.

La brise agitait les feuilles des citronniers dans leurs grandes jarres en terre cuite ornant la terrasse. Dans le ciel d'un noir teinté de pourpre, le quartier de lune semblait lancer des œillades.

S'adossant à sa chaise, Brando se concentra sur la beauté de la nuit plutôt qu'écouter Charlotte lui démontrer qu'une noce en bonne et due forme était inutile dans leur cas.

La laissant parler, il sirota son café. C'était une nuit délicieuse, chargée de parfums, à la douceur reposante avant les grandes chaleurs du cœur de l'été. La journée que Brando avait passée dans les vignes s'était révélée des plus fructueuse. Quant à Charlotte, il la trouvait particulièrement en beauté, ce soir, dans sa tunique sans manches d'un bleu glacier très raffiné et son pantalon de soie blanche. Elle avait laissé ses longs cheveux blonds retomber librement sur ses épaules et, pour seul bijou, elle portait des boucles d'oreilles dont les saphirs s'accordaient parfaitement à la couleur de ses yeux.

Elle était éblouissante, et d'une élégance parfaite. Brando ne pouvait que se réjouir à l'idée qu'elle serait la mère de ses futurs enfants – une excellente mère, tout autant qu'une excellente compagne.

Si seulement elle cessait de contester les conditions de leur mariage ! Dans la famille de Brando, il était de tradition de célébrer dignement tous les événements de la vie. Il n'y dérogerait pas.

— Je tiens à ce que ce soit une cérémonie dans les formes,

dit-il. Suivie d'un dîner digne de ce nom, agrémenté d'un gâteau de noces tout ce qu'il y a de plus traditionnel. C'est notre mariage, donc ce doit être un jour exceptionnel.

— Tu es sûr que cela mérite autant de tralala ? Sans parler de la dépense !

— Comme ce sera mon seul et unique mariage, *oui*. Je veux des fleurs, de la musique, des décorations de table… Tout ce qui fera une journée magnifique.

— Vraiment, Brando ? Tu tiens à un grand mariage ?

— Pas nécessairement « grand ». En fait, il y aura une cérémonie en famille, ici, dans la chapelle du *castello*. Puis une réception dans la cour. Comme cela, ce sera sans déplacements fatigants pour toi, et tu n'auras même pas besoin de rester debout très longtemps.

Écoutant Brando énoncer ses plans pour le mariage, Charlotte ne savait quoi lui opposer. D'autant qu'il se proposait de tout organiser lui-même. Il était même d'accord pour qu'elle ne se préoccupe pas d'arrêter son choix sur l'une des robes du catalogue, puisque Livia et Luca en créeraient une tout spécialement pour elle.

— Est-ce que tu as mis ta famille au courant ? demanda-t-elle en prenant bien soin de gommer toute trace de critique dans sa voix.

— Seulement Livia. J'annoncerai notre mariage lorsque nous en aurons arrêté la date.

Charlotte joua un moment avec sa cuillère à dessert, avant de demander :

— Que leur diras-tu ?

— Que nous nous marions, et que nous serions heureux qu'ils se joignent à nous.

— Tu ne leur parleras pas de ma grossesse ?

— Ce n'est pas ce que je prévois d'annoncer en premier.

Haussant un sourcil, il contempla Charlotte avec une expression légèrement moqueuse.

— À moins que tu le souhaites, bien sûr, ajouta-t-il.

— Non ! Et je ne veux surtout pas d'une robe qui proclame « mariée enceinte » à la face du monde.

— Je suis certain que Livia saura dessiner quelque chose qui t'avantagera. De toute façon, quoi que tu portes, tu es toujours splendide.

Tout à coup, Charlotte dut cligner des paupières pour résister aux picotements de ses yeux.

— C'est gentil, dit-elle. En ce moment, je ne peux pas dire que je suis particulièrement à l'aise avec mon corps. J'ai trop peur que les gens remarquent mon état et que cela donne lieu à des commérages. Tu dis que tu t'en moques, mais je n'ai pas encore ton détachement. Mon succès tient à la réputation que je me suis faite de contrôler toutes les situations. Et regarde dans quelle position je me trouve…

La voix de Charlotte se brisa, et elle se mordit la lèvre.

— Fonder une famille n'a rien de honteux, loin de là, rétorqua Brando.

— Tu ne crois pas que ta famille va désapprouver ?

— Ils seront enchantés, au contraire. Tout le monde te connaît et t'apprécie. Livia est ravie de dessiner ta robe.

— Et tes associés ? Mes clients ?

— Ils penseront que nous sommes amoureux, et impatients de vivre ensemble.

Brando vrilla son regard à celui de Charlotte pendant plusieurs secondes. Puis ce fsut d'une voix plus basse d'une octave qu'il ajouta :

— Et qui peut dire que ce n'est pas le cas ?

Le cœur de Charlotte fit un bond étrange, tandis qu'un vol de papillons prenait son envol dans son estomac. Elle était hypnotisée par la lueur de désir qu'elle voyait flamboyer dans les yeux de Brando. La chaleur intense de ce regard l'enveloppait tout entière.

— Nous n'avions pas prévu de nous marier, fit-elle.

— C'est juste. Néanmoins, tu n'ignores pas combien je te désire. Si je pouvais te faire l'amour à l'instant, je n'hésiterais pas une seconde.

Dans les prunelles devenues couleur d'étain, Charlotte vit miroiter une ardeur intense. Tout à coup, elle se sentait emprisonnée dans ce corps étrange, face à un avenir complètement différent de ce qu'elle s'était figuré.

— Alors, embrasse-moi, dit-elle. Aide-moi à me souvenir des raisons pour lesquelles tu m'as fait perdre la tête.

Faisant le tour de la table, Brando vint prendre Charlotte par la main et l'attira entre ses bras. Il passa une main sous sa chevelure, enserrant sa nuque. Dans le même temps, son autre main se referma sur sa taille. Ses lèvres chaudes et impérieuses emprisonnèrent avidement celles de Charlotte. Il émanait de lui des effluves grisants où se mêlaient les senteurs épicées de son eau de toilette, et le parfum du vin qu'il avait bu.

Elle accueillit avec délice les caresses de sa langue, qui goûtait, titillait, jusqu'à envoyer de délicieux frissons dans chacune des parties de son corps. Sous ses baisers, Charlotte s'abandonna totalement, à en perdre le souffle, à ne plus sentir que la divine douleur à l'apex de ses cuisses. Là où elle mourait d'envie qu'il vienne exercer la pression qui la soulagerait. Ce fut sa hanche qu'il appuya en cet endroit hyper sensible, après avoir glissé un genou entre les jambes de Charlotte. La main qu'il avait refermée sur sa taille l'abandonna pour remonter vers sa poitrine. Il prit un sein dans sa paume, puis se mit à jouer avec le mamelon durci, excitant le bourgeon délicat du bout des doigts. Charlotte finit par n'y plus tenir : les reins arqués, elle souda son corps à celui de Brando, faisant aller et venir son bassin contre le sien. Des vagues de plaisir rugissaient en elle. Il s'en fallait de peu qu'elle jouisse violemment. Il aurait suffi que Brando titille encore son mamelon, qu'elle se frotte une nouvelle fois contre lui, et l'orgasme l'aurait emportée.

Elle en mourait d'envie, appelait de tous ses vœux la jouissance, sauf que cela aurait pu déclencher de nouvelles contractions.

Pantelante et frustrée, elle s'écarta de Brando.

— J'ai tellement envie de toi ! gémit-elle, des larmes de contrariété perlant à ses cils. Mais nous n'avons pas le droit de faire l'amour. C'est affreux !

— Ne t'inquiète pas, nous le pourrons, un jour. Pour l'instant, il vaut mieux ne prendre aucun risque.

Cette nuit-là, Charlotte fut incapable de fermer l'œil. Elle passait l'essentiel de ses journées au lit, à se reposer, au point qu'elle finissait par ne plus tenir en place. À tout cela s'ajoutaient des poussées hormonales et un désir inassouvi, lesquels n'aidaient en rien à ce qu'elle retrouve sa sérénité.

Elle n'avait jamais été particulièrement obsédée par le sexe. Sauf que, maintenant qu'elle se trouvait tout près de Brando, elle était assaillie jour et nuit par des fantasmes.

Cependant, ce qu'elle éprouvait pour lui dépassait largement la simple obsession sexuelle. La force de ses sentiments ne cessait de croître. Ils n'étaient même pas encore unis, et elle se sentait liée à Brando par un attachement indéfectible.

Était-ce le fait de porter son enfant qui lui donnait ce sentiment, ou la manière dont Brando la traitait ? Car il lui donnait l'impression d'être quelqu'un d'incroyablement précieux, quelqu'un d'irremplaçable.

Se comportait-il de la sorte uniquement à cause du bébé ? Qu'en serait-il une fois que leur enfant serait né ?

Brando continuerait-il à faire preuve de la même attention à son égard ? Éprouverait-il toujours du désir pour elle ?

Soudain, Charlotte repensa à Louisa – la ravissante, sexy, excentrique Louisa –, et un sentiment d'insécurité la submergea.

C'était une chose qu'elle détestait pour en avoir trop

souffert dans son enfance. Elle se souvenait avec douleur d'avoir vainement lutté pour essayer de capter l'attention de ses parents, ou des adultes qui l'entouraient. Progressivement, Charlotte avait appris à n'attendre de personne ni affection ni approbation. Elle s'était habituée à prendre soin d'elle-même, et à chercher son bonheur dans ses propres actions et ses réussites. Une fois qu'elle avait cessé de courir après l'affection et l'estime de ses parents, elle avait pu devenir celle qu'elle souhaitait être.

Mais depuis qu'elle avait remis le pied en Toscane, Charlotte était complètement perdue, incapable de savoir à quel saint se vouer.

La première cause de sa confusion était l'idée que l'on puisse voir le mariage comme un engagement à vie. Dans sa famille, le lien conjugal n'avait jamais rimé avec toujours. Ce n'était qu'une source de tensions et de conflits. Si les désaccords s'aggravaient, l'un ou l'autre des protagonistes jetait l'éponge, et demandait le divorce.

Que cette issue soit quasi inévitable la désespérait. Être mariée à un homme qui ne pourrait s'empêcher de la tromper la briserait.

Ne parvenant pas à échapper à ses sinistres pensées, et encore moins à étouffer la panique qu'elle sentait monter, Charlotte finit par quitter son lit pour gagner la chambre de Brando. Minuit était largement passé, mais elle éprouvait un terrible besoin de le voir, de l'entendre dire qu'ils n'étaient pas en train de commettre une épouvantable bévue.

Après avoir délicatement frappé à la porte, elle l'entrouvrit de quelques centimètres.

— Brando, tu dors ? chuchota-t-elle.

— Entre, répondit-il d'une voix ensommeillée. Ça ne va pas ?

— Non, tout va bien, répondit Charlotte, s'avançant dans la pièce tout en prenant la précaution de laisser la porte entrouverte. C'est juste que je n'arrive pas à dormir. Mes pensées tournent en boucle dans ma tête.

— À quel sujet ?

— J'ai peur que tu n'aimes pas vivre en couple avec moi.

Relevant le couvre-lit, Brando tapota le matelas à côté de lui.

— Viens, dit-il. Glisse-toi là.

C'était exactement ce dont Charlotte avait besoin : la chaleur de Brando, et un peu de sécurité. Il la fit se placer dos à lui, puis passa le bras autour de sa taille et tira le couvre-lit sur eux.

— Tu as envie de parler ? demanda-t-il.

— Tu n'as pas peur de regretter ce mariage ? dit Charlotte.

— Nous sommes sur le point de fonder une famille. C'est quelque chose que je ne regretterai jamais.

Une boule se forma dans la gorge de Charlotte. Ce n'était pas vraiment la réponse qu'elle espérait.

— Oui, mais *moi* ? fit-elle. Tu n'as pas peur d'avoir fait une affreuse erreur en décidant de m'épouser, *moi* ?

Brando déposa un baiser sur son épaule nue.

— Jamais, dit-il. Il y aura certainement des moments un peu difficiles entre nous. Nous sommes deux fortes personnalités. Mais si nous sommes décidés à ce que notre couple fonctionne, nous y arriverons. Tu es d'accord ?

— Oui.

Dégageant la nuque de Charlotte, Brando y souda ses lèvres.

— Nous parviendrons à être heureux ensemble, *cara*, chuchota-t-il dans son cou. J'en suis convaincu.

Alors, dans les bras protecteurs de Brando, Charlotte sombra enfin dans le sommeil.

Les préparatifs du mariage furent menés tambour battant. Ils avaient choisi le deuxième samedi de juillet pour la cérémonie, ce qui ne laissait que deux semaines devant eux.

Brando s'occupait de tout, prenant bien soin de faire part

de ses idées à Charlotte, afin qu'elle donne son avis. Elle approuva pratiquement tout ce qu'il proposait, car ils partageaient étonnamment les mêmes goûts. Sa seule objection fut qu'elle préférait qu'ils prononcent leurs vœux en plein air, dans l'un des jardins, avec la vue sur la vallée, plutôt que dans l'austère chapelle du *castello*.

Comme prévu, la réception se tiendrait dans la cour intérieure décorée de guirlandes lumineuses et de torches fixées dans les murs de pierre.

Dix jours avant la noce, Livia vint prendre les mesures de Charlotte et lui proposer quelques croquis. Cependant, il était clair qu'elle arrivait avec l'intention de satisfaire sa curiosité.

— Personne, dans la famille, n'avait eu l'impression que toi et Brando étiez proches, lorsque tu travaillais pour nous, dit-elle. Nous n'avions pas tout compris, semble-t-il.

Charlotte rougit.

— En fait, il ne s'est rien passé au cours de cette période, expliqua-t-elle. C'est le soir du réveillon de nouvel an que nous avons couché ensemble. Et cette fois seulement.

— Et cela a suffi pour que tu sois enceinte ?

— Pourtant, nous nous étions protégés, fit Charlotte avec une grimace. Apparemment, ce petit était bien décidé à venir au monde.

Livia la gratifia d'un clin d'œil appuyé.

— Eh bien, prépare-toi à accueillir un vrai Ricci, ironisa-t-elle. Bon, maintenant prenons tes mesures, et dis-moi quel genre de robe tu souhaites.

Assurant sa future belle-sœur qu'elle lui faisait entière confiance, Charlotte se livra au mètre de couturière. Puis Livia la quitta en l'embrassant sur les deux joues, lui promettant qu'elle ne serait pas déçue.

Au matin de la noce, les tables avaient été installées dans la cour, recouvertes de nappes blanches, sur lesquelles bouquets, candélabres et couverts en argent composaient un tableau charmant.

Livia était venue aider Charlotte à revêtir sa robe. Ce qu'elle fit une fois que coiffeuse et maquilleuse en eurent terminé.

La robe était divine, s'émerveilla Charlotte, et tout à fait adaptée à ses rondeurs, comme l'avait présagé Brando. D'un dessin très pur, à la fois classique et moderne, elle était réalisée dans une soie immaculée à l'impeccable tombé. Bien qu'elle n'eût pas naturellement opté pour le profond décolleté et les larges bretelles, Charlotte ne pouvait que reconnaître que c'était très seyant et avait l'avantage d'attirer les regards, les détournant de son tour de taille.

Avec sa chevelure blonde relevée en chignon, auquel s'accrochait un voile de dentelle, elle devait admettre qu'elle était l'image même de la mariée radieuse, éblouissante, heureuse.

Ajustant la jupe et le voile, Livia tournait autour de Charlotte.

— C'est parfait, approuva-t-elle. Même les boucles d'oreilles en perle sont à l'unisson : élégantes, discrètes, classiques.

Charlotte porta la main à un de ses lobes.

— C'est ma mère qui me les a offertes, dit-elle.

— Elle sera là aujourd'hui ?

— Non, elle n'a pas pu se libérer. Il n'y aura que l'une de mes sœurs et son mari. Ils sont en route.

— Ce n'est pas grave, déclara Livia. Tu as toute la famille qu'il te faut ici. Dorénavant, tu fais partie de la tribu Ricci.

Charlotte n'aurait jamais imaginé que leur mariage puisse être aussi beau.

Sa sœur et son beau-frère arrivèrent juste avant le début de la cérémonie, mais la famille Ricci était présente au grand complet – la mère de Brando, bien sûr, ses frères et sa sœur accompagnés de leurs conjoints et enfants, tous ses oncles et tantes, une foule de cousins et cousines, plus quelques invités considérés comme faisant « presque » partie du cercle familial.

Brando et Charlotte prononcèrent leurs vœux dans le jardin dominant la vallée et ses collines ondoyantes, dont la verdure était piquetée du rouge des toits des villages. Ensuite, tout le monde se transporta dans la cour du *castello* pour le dîner.

Charlotte ne s'était jamais sentie aussi belle que dans la robe dessinée par Livia. Quant à Brando, il était d'une élégance folle, avec son costume noir, sa chemise blanche, et sa cravate également noire. Il avait lissé son épaisse chevelure en arrière, faisant ressortir les lignes puissantes de ses pommettes et sa mâchoire, adoucies par sa bouche sensuelle. Lorsqu'ils avaient échangé leurs vœux, la main de Charlotte avait tremblé dans la sienne. Tout en soutenant son regard, Brando avait promis d'une voix ferme de l'honorer et la protéger jusqu'à ce que la mort les sépare.

Pendant le repas, il insista pour que Charlotte reste assise, et elle se demanda ce qu'il avait bien pu dire aux invités pour que personne ne s'étonne de ne la voir quitter la table qu'au moment du traditionnel découpage du gâteau, puis pour ouvrir le bal.

Danser avec Brando sous le ciel étoilé, dans la douce lueur de la lune et des guirlandes lumineuses, était certainement le moment le plus romantique que Charlotte ait jamais vécu.

Même si celui qui était désormais son mari n'éprouvait pas véritablement d'amour pour elle, il s'était donné beaucoup de mal pour que cette soirée soit exceptionnelle.

— Merci pour ce magnifique mariage, dit-elle lorsque la musique cessa.

Pour toute réponse, Brando inclina la tête, et l'embrassa devant tous les invités. Ce fut un baiser qui l'emplit de bonheur et d'espoir. Un tonnerre d'applaudissements retentit lorsqu'il se redressa en souriant, pour s'écarter de Charlotte, rougissante et tout aussi souriante.

Ensuite, il annonça à la ronde qu'il était temps pour lui

d'enlever sa délicieuse épouse à l'attention de leurs invités. Cependant, précisa-t-il, la fête pouvait continuer aussi longtemps que tous le souhaitaient.

Et Brando enleva littéralement Charlotte, la portant dans ses bras à travers la cour, puis dans l'escalier monumental, jusqu'au second étage et à sa chambre.

Ce n'était pas la première fois que Charlotte y pénétrait, pourtant ce fut une totale découverte. La pièce entière scintillait des mille feux des bougies blanches disposées partout où cela s'avérait possible : sur la cheminée, les meubles, les rebords de fenêtres. Un nombre incalculable de roses, de la même couleur virginale, complétaient le décor.

Sur le lit, on avait étalé une exquise chemise de nuit en satin ivoire, accompagnée d'un déshabillé assorti.

— C'est un cadeau de Livia, expliqua Brando en déposant Charlotte au pied du lit. Elle dit qu'une jeune mariée doit forcément porter quelque chose de particulièrement beau pour sa nuit de noces.

Tout à coup, Charlotte fut bouleversée par la perfection de cette journée, la gentillesse de Livia, la bienveillance de tous.

— Ta sœur m'a vraiment trop gâtée, dit-elle en caressant du dos de la main le satin de la parure. J'espère qu'elle sait à quel point je lui suis reconnaissante.

— Ne t'inquiète pas, elle le sait. Comment te sens-tu ?

— Bien. Un peu fatiguée, mais tellement heureuse.

Tournant un regard voilé de larmes vers Brando, Charlotte lui adressa un sourire ému, puis ajouta :

— Je te remercie pour ce soir. C'était magnifique, je te suis vraiment…

— Reconnaissante, je sais, l'interrompit-il avec un petit sourire en coin. Mais je n'ai pas fait tout cela pour m'assurer ta gratitude. C'était pour nous deux, et pour notre fils. Pour que nous ayons des souvenirs à raconter, et des photos à montrer à nos enfants, puis nos petits-enfants.

— Alors, merci pour nous avoir fabriqué de si beaux souvenirs, déclara Charlotte en souriant.

Elle se tourna ensuite vers la chemise de nuit.

— J'imagine qu'il est temps que je me change, enchaîna-t-elle.

— Je vais t'aider à enlever ta robe, ensuite j'irai chercher quelque chose dans mon bureau.

D'une main habile, Brando eut tôt fait de dégrafer la quantité de petits boutons au dos de la robe. Avant que le corsage tombe, Charlotte le plaqua contre elle pour dissimuler sa poitrine.

— Tu oublies que je t'ai déjà vue dans le plus simple appareil, railla Brando.

— Je n'étais pas aussi plantureuse, à l'époque, répliqua Charlotte en rougissant.

— La grossesse te sied à ravir. Tu es encore plus belle.

Ne sachant que répondre à ce compliment, Charlotte se contenta de se hisser sur la pointe des pieds pour souder ses lèvres à celles de Brando. Il l'enlaça, et s'empara de sa bouche en un baiser passionné. Le désir transperça Charlotte comme une décharge foudroyante. Elle mourait d'envie que Brando aille plus loin. Elle aspirait à ses caresses, au poids de son corps sur le sien, à la jouissance qu'il saurait lui donner. Tout en elle réclamait qu'il lui offre davantage : davantage de son temps, de son attention, de son cœur.

Elle était éperdument amoureuse de Brando. Sauf qu'elle redoutait de se laisser submerger par ce sentiment. Comment survivrait-elle, s'il ne lui rendait jamais son amour ?

Relevant la tête, Brando planta son regard dans le sien, puis lui caressa du pouce les lèvres gonflées par le baiser qu'ils venaient d'échanger.

— Il y a tant de choses dont je rêve, avec toi, murmura-t-il. C'est tellement difficile de ne pas te toucher comme je le voudrais.

Ce n'était peut-être pas une véritable déclaration d'amour,

songea Charlotte, mais elle saurait s'en contenter pour l'instant. Une fois que Brando fut sorti, elle finit de se déshabiller, défit son chignon, avant de prendre une douche rapide et d'enfiler la délicate chemise de nuit, dont le satin était comme une caresse sur sa peau.

Lorsqu'il revint, Brando avait ôté veste et cravate. Les premiers boutons de sa chemise étaient défaits sur son torse hâlé. Il tenait une bouteille de champagne et deux flûtes en cristal.

— Viens, dit-il en entraînant Charlotte sur le balcon.

Elle le suivit, lui souriant tandis qu'il faisait sauter le bouchon et les servait.

— Juste une gorgée, dit-il en lui tendant une flûte. Seulement pour porter un toast.

Après avoir posé la bouteille, il reprit, levant son verre :

— À toi. À ta beauté, à ton intelligence, au miracle que tu portes dans tes flancs. J'ai beaucoup de chance que tu sois désormais ma compagne, et mon épouse.

La gorge nouée, les paupières brûlantes, Charlotte ne put que murmurer, en faisant légèrement tinter son verre contre celui de Brando :

— Merci.

Elle trempait les lèvres dans le champagne, lorsqu'un bruit sourd tonna à l'angle du château. Tout à coup des fusées montèrent dans le ciel, l'illuminant de couleurs éclatantes. Au-dessous d'eux, les invités poussèrent des exclamations émerveillées. L'attirant contre lui, Brando embrassa Charlotte, sous les illuminations féeriques venant couronner d'une formidable surprise une journée et une soirée aussi fabuleuses l'une que l'autre.

Décidément, songea Charlotte, Brando lui avait offert tout ce qu'elle pouvait espérer.

Hormis son cœur.

9.

Le lendemain matin, nombre d'invités n'avaient pas encore quitté le *castello*, ayant manifestement prolongé la fête dans la nuit.

Il était déjà tard lorsque Charlotte descendit pour le petit déjeuner, espérant passer un moment avec sa sœur Alice. Mais celle-ci et son mari, Philip, étaient déjà en route pour l'aéroport. Ce fut avec un pincement au cœur que Charlotte songea qu'ils avaient à peine échangé quelques mots. Enfin, tout au moins, Alice et Philip n'avaient pas semblé s'ennuyer de toute la soirée, installés à la table des frères de Brando. Alice avait même passé une bonne partie du dîner à bavarder gaiement avec Elena, l'épouse de Marcello.

Lorsque Charlotte pénétra dans la salle à manger, Elena et Livia étaient attablées devant un café. Elles l'accueillirent avec enthousiasme.

— La réception, hier soir, était magnifique, s'extasia Elena. Et le feu d'artifice, quelle merveille !

— Oui, acquiesça Charlotte, Brando avait vraiment tout organisé à la perfection.

— C'est vrai, renchérit Livia. Quant à toi, Charlotte, tu étais la plus ravissante mariée qui se puisse imaginer. Brando ne t'a pas quittée des yeux une seconde.

Jetant un coup d'œil à Livia, Elena déclara :

— C'est une chance que Brando ait épousé Charlotte, plutôt que l'autre fille, non ? Cela aurait été catastrophique.

Après un petit hochement de tête clairement destiné à

dissuader Elena de poursuivre, Livia se tourna vers Charlotte avec un grand sourire.

— Toute la famille espérait que Brando finisse par se caser, dit-elle, et nous sommes ravis que ce soit avec toi. Nous t'apprécions tous beaucoup.

— Et puis, nous savons que tu n'en as pas après son argent, comme l'autre, reprit Elena. Heureusement que Marcello avait convaincu Brando de faire ce test de paternité avant le mariage…

— Le mariage ? l'interrompit Charlotte. Brando avait été fiancé avant moi ?

Elena lança un regard entendu à Livia.

— Je ne sais pas si l'on peut vraiment parler de fiançailles dans ce cas, dit-elle. Pas vrai, Liv ? La fille se disait enceinte, et Brando était sur le point de l'épouser. C'est comme ça que les choses se sont passées, non ?

Le cœur de Charlotte suspendit ses battements. Un froid glacial la pénétra.

— C'était quand ? demanda-t-elle d'une voix blanche.

— Il y a deux ou trois ans, répondit Elena. On ne sait même pas ce que la fille est devenue…

— Les fleurs étaient absolument magnifiques, la coupa Livia. C'étaient des roses et des pivoines, non ?

Charlotte hocha distraitement la tête.

Ainsi, Brando avait déjà vécu pareille expérience. Il avait failli épouser une femme qu'il croyait enceinte de lui. Et toute sa famille avait suivi les développements de l'affaire. Pas étonnant qu'il sache parfaitement organiser un mariage. La fête de la veille n'avait été qu'une farce…

Charlotte posa la main sur son ventre. Tout à coup, elle se sentait mal.

— Excusez-moi, dit-elle, mais je crois que je ferais bien d'aller chercher quelque chose à manger.

Ce fut seulement en fin d'après-midi – lorsqu'elle fut certaine que tous les invités étaient partis – que Charlotte se décida à aborder Brando. Elle le trouva dans la bibliothèque, assis à son bureau, occupé à lire des documents. Il leva la tête à son entrée et lui sourit.

— Tu t'es bien reposée ? s'enquit-il.

Charlotte s'installa en face de lui.

— Pas vraiment, non, répondit-elle.

Elle marqua un temps d'hésitation. Comment aborder le sujet qui l'avait préoccupée toute la journée ? Plus elle y pensait, plus elle était bouleversée.

— On m'a raconté une histoire aujourd'hui, commença-t-elle d'une voix hésitante. En fait, c'est Elena qui m'a parlé. Mais Livia a confirmé. Si j'ai bien compris, elles ont failli se retrouver avec une autre belle-sœur que moi, il y a quelques années. Elena m'a dit qu'elles ne l'appréciaient pas vraiment. Par chance, il semble que je leur convienne mieux…

Charlotte s'interrompit, fixant un bouton de la chemise de Brando, incapable qu'elle était de le regarder en face.

— Bref, reprit-elle, je découvre que tu as vécu exactement la même chose qu'avec moi…

— C'est faux ! Je n'ai jamais été marié. Il n'y a eu ni cérémonie, ni bébé, ni rien de tout cela. Tu es la première.

— Sauf que, cette femme…, tu l'aurais épousée si elle avait porté ton enfant, non ?

— Oui. Mais ce n'était pas le cas. Tu n'as pas besoin de te mettre dans tous tes états à cause des racontars d'Elena. C'est sans intérêt.

— Comment peux-tu dire une chose pareille ? J'apprends que tu as été à deux doigts d'en épouser une autre, dans les mêmes conditions que moi, et tu veux que je reste sereine ?

Charlotte avait l'impression que son cœur était en chute libre. Ainsi, Brando ne faisait que répéter l'histoire.

— En t'épousant, enchaîna-t-elle, j'ai renoncé à tout ce que je suis. J'ai fait cela pour toi.

— Pas pour moi ! Pour notre enfant. Pour fonder une famille qui sera la nôtre.

Nouant ses mains l'une à l'autre, Charlotte se leva.

— Non, Brando, corrigea-t-elle, si j'ai accepté ce mariage, c'était parce qu'il s'agissait de *toi*. Pour ta gouverne, sache que je n'aurais jamais épousé quelqu'un d'autre. C'est parce que c'était *toi* que j'ai dit oui.

Quittant la bibliothèque, elle se dirigea d'un pas décidé vers la roseraie.

Brando trouva Charlotte dans le jardin clos qu'elle arpentait comme un animal en cage.

— Je n'ai pas l'impression que la marche aide à te calmer, dit-il.

Elle le fusilla d'un regard sombre.

— Effectivement, répliqua-t-elle, je suis tout sauf calme.

— Tu t'énerves pour rien. Il n'y a jamais eu personne d'autre que toi dans ma vie.

— Oh ! Brando, arrête de me raconter des histoires. Je ne pense pas que ton lit soit vide très souvent.

— Lorsque j'ai une relation sérieuse, je tiens à ce qu'il le reste.

Les mains sur les hanches, Charlotte le défia.

— Et on peut savoir ce que tu entends par « relation sérieuse » ?

— Une relation basée sur l'affection, le respect, la fidélité.

— Est-ce à dire que c'est ce qu'il y a entre nous ?

— Tu es ma femme. Ma famille.

— Donc, tu éprouves à mon égard du respect et de l'affection, et tu entends me rester fidèle, c'est cela ?

— Absolument.

— Tu n'as rien de plus à m'offrir ?

Serrant les mâchoires, Brando fixa Charlotte.

— Je ne comprends pas, dit-il. Hier soir, tu étais aux anges, pleine d'espoir pour l'avenir. Aujourd'hui, tu me jettes au visage les stupidités que t'a racontées Elena.

Des larmes de colère montèrent aux yeux de Charlotte.

— Je n'ai aucune envie d'être une épouse de substitution, rétorqua-t-elle

— Tu n'es rien de tel. Qu'attends-tu de moi, Charlotte ? Hier soir, tu me remerciais pour la fête, et tout d'un coup ça ne te suffit plus.

Comment aurait-elle pu expliquer ce qu'elle ressentait ? se désola Charlotte *in petto*. Elle était assaillie par un terrible sentiment d'injustice. En se mariant, elle avait renoncé à tout pour Brando – sa maison, son nom, son identité, son indépendance. De son côté, il n'avait rien perdu dans l'affaire, hormis la possibilité de coucher à sa convenance.

— Nous avons commis une terrible erreur, dit-elle, la bouche sèche. Nous allons être affreusement malheureux.

— Je ne suis pas malheureux !

— Parce que tu n'éprouves rien d'autre que du désir physique. L'amour est une notion qui t'est totalement étrangère. Que ressens-tu réellement pour moi ? De l'affection mâtinée de désir ?

— Pour l'instant, oui. Mais je suis certain que notre attachement l'un pour l'autre se renforcera avec le temps.

Ce que Brando ignorait, c'était que Charlotte éprouvait pour lui, d'ores et déjà, bien davantage qu'un banal attachement. Alors, que devait-elle faire ? Espérer que ses sentiments finissent par évoluer ?

— Je ne veux pas de cette union, fit-elle à voix basse. Tu n'es pas celui que je croyais. Je me suis trompée.

Brando vint à elle, l'attrapant aux épaules.

— Tu n'as aucune raison de te tourmenter de la sorte, fit-il. Adele ne représentait rien pour moi. Je te jure que…

— C'est bien le problème, Brando ! Aucune de tes maîtresses n'a eu quelque importance que ce soit à tes yeux. Tout ce qui t'importe, c'est l'acte sexuel. Tu n'en as aimé aucune, et tu ne m'aimeras jamais.

Le cœur de Charlotte battait si fort qu'elle en perdait presque le souffle. Toute sa maîtrise d'elle-même volait en éclats. Où était passée la Charlotte tellement habituée à régler les problèmes qu'elle aurait pu le faire les yeux fermés ? C'était cette Charlotte-là qu'elle voulait retrouver.

— Je n'aurais jamais dû me laisser convaincre que t'épouser était la solution, dit-elle. Je ne fonctionne pas comme toi. Je ne sais pas faire semblant d'être heureuse.

Elle batailla pour détacher les doigts de Brando de ses épaules.

— Je ne peux pas vivre avec toi, reprit-elle. Je m'y refuse.

— Le bébé…

— Rassure-toi, je ferai tout ce qu'il faut pour assurer son bien-être. Je vais retourner à Florence. Je chercherai un petit appartement pour y passer le reste de l'été.

Charlotte avait plaqué une main sur ses yeux pour contenir ses larmes. Il n'était pas question qu'elle leur laisse libre cours. Elle devait se reprendre.

— C'est ridicule ! rétorqua Brando.

— Je serai près de l'hôpital. Je promets de ne prendre aucun risque et de te prévenir s'il arrive quoi que ce soit.

— Je ne comprends rien à ce qui t'arrive.

— C'est là où le bât blesse, Brando ! Tu n'y comprends rien, parce que tu ne me comprends pas. Je ne t'ai pas épousé parce que c'était la chose à faire. Je t'ai épousé parce que…

Sa voix se brisa et ses yeux s'emplirent de larmes.

— Parce que je désirais plus que tout vivre avec toi, ajouta-t-elle.

— Et ce n'est plus vrai ?

— Non !

Cette fois, Charlotte ne parvenait plus à contenir ses larmes.

— Mais enfin, pourquoi ? s'écria Brando. Parce qu'on t'a raconté des sornettes au sujet d'Adele et de sa grossesse ?

— Tu étais sur le point de l'épouser, oui ou non ?

— Sauf qu'elle n'était *pas* enceinte de moi !

— Ce n'est pas le plus important. Ce qui compte, c'est que toutes les femmes sont interchangeables à tes yeux. Tu ne penses qu'à les mettre dans ton lit. Ensuite, quand tu te retrouves confronté aux conséquences de tes actes, tu proposes le mariage pour te racheter. Comme si c'était la seule réponse possible. Mais ça ne l'est pas, lorsqu'il n'y a pas d'amour.

— C'est un peu tard pour avoir des regrets, ma petite. Nous avons prononcé des vœux qui nous engagent. Il est trop tard pour faire machine arrière.

Brando la relâcha, et Charlotte recula d'un pas, puis d'un autre encore, le menton pointé vers lui, le dos raide.

Pendant un long moment, elle ne fit rien d'autre que soutenir son regard d'un air de défi, avant de faire volte-face fièrement.

Le sang battait aux tempes de Brando tandis qu'il suivait des yeux Charlotte qui se dirigeait vers le *castello.*

Que diable se passait-il ? Pourquoi les choses avaient-elles dérapé de la sorte ?

La veille, Charlotte était radieuse, superbe dans sa robe de mariée, à couper le souffle lorsqu'elle avait enfilé la chemise de nuit de satin. Brando avait dormi en la tenant tout contre lui, savourant sa chaleur, la douceur de sa peau, submergé par le désir de la protéger. C'est en sentant le bébé donner un coup de pied, là où sa main reposait sur le ventre de Charlotte, qu'il avait eu la certitude absolue d'être prêt à tout sacrifier pour eux. Sa femme et son fils. Ils ne manqueraient de rien. Il serait toujours, pour eux, un mari et un père dévoué.

Toute la journée, il avait travaillé avec une énergie et une détermination renouvelées. Désormais, Brando avait une excellente raison de chercher la réussite.

Et voilà que Charlotte remettait tout en cause.

Dans l'esprit de Brando, la colère le disputait à l'incompréhension. Comment était-il possible qu'elle ait perdu toute confiance en lui ? Qu'elle le juge, et le condamne ?

Il lui en voulait terriblement de se montrer aussi égoïste.

Car elle faisait passer ses propres besoins avant ceux de leur fils. Avant même la notion de famille.

Apparemment, il ne la connaissait pas véritablement.

Apparemment, lui aussi s'était trompé sur ce qu'elle était.

Il ne fut nullement question de lune de miel. Tous deux passèrent la semaine suivante au *castello* comme deux étrangers. Charlotte avait regagné sa chambre personnelle, sans que Brando commente sa décision.

À deux occasions, ils dînèrent en tête à tête, dans le plus complet silence. L'atmosphère était tellement tendue que Charlotte ne parvint à avaler que quelques bouchées.

Après le deuxième repas dans ces conditions, elle lui annonça qu'elle préférait manger seule dans sa chambre car la situation lui était trop pénible. Elle disait vrai. À force d'avoir pleuré toutes les larmes de son corps, elle avait fini par rejeter le peu qu'elle avait pris au cours de ce dîner.

Clairement, ce n'était pas la vie qu'elle voulait. Ce n'était nullement l'union à laquelle elle s'était résolue.

Les jours passaient, et la touffeur de l'été s'était installée. Charlotte avait de plus en plus de mal à supporter pareille chaleur. Comme souvent, elle s'était cloîtrée dans sa chambre, rideaux tirés, pour lutter contre l'une des innombrables migraines qui l'assaillaient.

Brando ne semblait pas se soucier le moins du monde de ce qu'il advenait d'elle, car ils ne se croisaient même plus. Aussi Charlotte supposa-t-elle que c'était parce qu'on lui avait rapporté qu'elle gardait le lit une nouvelle fois qu'il vint lui rendre visite.

Sans se donner la peine de frapper, il ouvrit grand la porte de la chambre, marqua une pause sur le seuil, avant d'aller tirer les lourds rideaux de soie, laissant le soleil entrer à flots.

— Est-ce que tu as des contractions ? demanda-t-il d'un ton brusque.

— Non, murmura Charlotte.

— Alors, pourquoi es-tu couchée ?

— Je te rappelle qu'on m'a prescrit du repos.

— La sage-femme dit que prendre l'air te ferait le plus grand bien. Et au bébé aussi.

Charlotte détestait l'arrogance de Brando, son air de supériorité. Elle se redressa sur les oreillers.

— C'est tout ce qui t'intéresse ? lança-t-elle. La santé du bébé, c'est cela ?

— Bien sûr que non ! répondit Brando en roulant des yeux. Je m'inquiète pour toi, aussi.

— Cela n'est pas évident. Tu continues à vaquer à tes occupations comme si je n'existais pas.

— J'ai pensé que tu avais besoin d'un peu d'espace. Je respecte tes souhaits, c'est tout.

— Tu ne me connais vraiment pas !

— Charlotte, je me fais vraiment beaucoup de souci pour toi. Je vois bien que tu traverses un genre de dépression.

Charlotte ouvrit des yeux ronds.

— Et quel remède suggères-tu ?

— Détends-toi. Va nager, ou marcher un peu. Trouve quelque chose d'intéressant à lire. Bref, arrête de rester centrée sur ta petite personne.

Il s'interrompit en haussant les épaules, puis ajouta :

— Tu n'es pas la seule à connaître un changement de vie. Nous avons tous les deux besoin de nous adapter.

— Sauf que tu es sous ton toit, dans ton pays, avec ta famille et tes amis à proximité. La seule chose à laquelle tu as renoncé, c'est l'opportunité de coucher à droite à gauche. Quelle terrible épreuve, mon pauvre Brando !

Brando ne se souvenait pas d'avoir jamais été aussi en colère de toute sa vie.

Où était passée la Charlotte dont il s'était épris ?

— Je vais appeler le médecin pour qu'il te reçoive demain, dit-il en s'efforçant de maîtriser sa mauvaise humeur.

Manifestement, tu n'es pas dans ton assiette. Si tu ne fais pas un effort pour te reprendre, il faudra trouver de l'aide.

— Ce ne sera pas nécessaire, rétorqua Charlotte en détournant la tête. Tout ira bien quand je pourrai sortir d'ici. J'étouffe. J'ai besoin de partir, n'importe où.

— Hors de question ! Je ne te laisserai pas partir « n'importe où ». Nous avons pris un engagement, et j'entends que nous le respections.

Charlotte leva les yeux vers Brando, le fusillant du regard.

— Tu n'es ni mon père ni mon patron, lança-t-elle. Je ne t'appartiens pas. Par conséquent, tu n'as pas à me dire ce que je dois faire ou pas. À essayer de me diriger, tu ne vas qu'obtenir l'effet inverse de ce que tu cherches. Tu vas détruire le peu de sentiments qu'il me reste pour toi.

— Ils ne comptent pas pour grand-chose, me semble-t-il, si tu es déterminée à me quitter déjà.

— En matière de sentiments, Brando, je ne crois pas que tu aies de leçons à me donner. Tu as l'air de croire que ta générosité donne le change. Qu'il te suffit d'inonder les gens de cadeaux pour cacher le fait que tu ne ressens rien pour eux. L'argent est tout ce que tu as à offrir. Mais je n'ai pas besoin de ton argent, et je ne suis pas dupe. Je sais parfaitement que les fortunes que tu as dépensées pour organiser notre mariage n'avaient qu'un seul but : me faire oublier que tu ne m'aimes pas et ne m'aimeras jamais.

— Tu ne sais plus ce que tu racontes !

Charlotte vit que Brando serrait les poings, et comprit qu'elle le poussait à bout. Pourtant, elle était incapable de se taire.

— Ah, bon ? lança-t-elle. Est-ce que tu as jamais été vraiment amoureux dans ta vie ? As-tu vécu une histoire dont la fin t'a brisé le cœur ? As-tu connu une femme dont tu as pensé que tu ne pourrais jamais vivre sans elle ?

— Arrête ! Tout cela est ridicule. Tu fais une crise de nerfs et ce n'est bon ni pour toi ni pour notre enfant. Manifestement, tu as besoin que je te laisse un peu tranquille. Je vais passer la journée dans les vignes, et ce soir j'ai un repas de vignerons. À mon retour, je viendrai voir comment tu vas.

Le dîner se prolongea bien plus tard que Brando ne l'avait imaginé. Lorsqu'il regagna le *castello*, tout était éteint. Sur le palier du premier étage, il hésita à frapper chez Charlotte. Aucune lumière ne filtrait sous sa porte. Mieux valait la laisser dormir, se dit-il. Il prendrait le petit déjeuner avec elle, et s'attaquerait à démêler l'imbroglio qu'était devenue leur relation. De toute évidence, espérer que les choses s'apaisent d'elles-mêmes était un leurre.

Le lendemain matin, Brando demanda à la gouvernante si Charlotte avait déjà demandé un plateau. La femme afficha une expression effarée.

— Madame est partie hier, *signore*. Une voiture est venue la chercher juste après votre départ.

N'en croyant pas ses oreilles, Brando monta vérifier par lui-même. La chambre de Charlotte était vide, ses placards aussi. La tentative qu'il fit pour appeler son portable resta vaine. Luttant pour garder son calme, il jeta quelques affaires dans un sac de voyage et prit la route de Florence.

Sur le trajet, il passa quantité d'appels qui ne donnèrent aucun résultat. Charlotte n'était ni à son appartement de Florence ni à l'hôtel où elle avait l'habitude de descendre.

Arrivé chez lui, il donna ordre à quelques membres de son personnel de se livrer à des recherches discrètes. Sans résultat. La seule chose dont Brando était certain, c'était qu'elle ne se risquerait pas à prendre l'avion.

Où diable se cachait-elle ? Et pourquoi s'était-elle enfuie ? Pourquoi avoir accepté ce mariage, si elle n'avait pas vraiment l'intention de vivre avec lui ?

Ces questions continuèrent à le hanter tout au long des semaines suivantes.

Car Charlotte semblait s'être évaporée.

10.

Le mois d'août s'écoula sans que Brando ait la moindre nouvelle de Charlotte. Un mois interminable.

Pourquoi l'avait-elle rayé de sa vie de cette façon ?

Brando avait contacté le Dr Leonardi, lequel l'avait informé qu'il l'avait reçue en consultation à trois reprises. Ainsi, elle n'avait pas quitté Florence, ce qui rassurait quelque peu Brando.

Mais où se cachait-elle ? Toutes les recherches qu'il avait effectuées étaient restées sans résultat.

Le terme était fixé au 24 septembre. Si cela n'avait pas été en pleine saison de vendanges, Brando ne se serait pas éloigné de Florence. Cependant, il n'avait pas d'autre choix que de séjourner au *castello*, demeurant toujours joignable pour le cas où Charlotte accoucherait.

Cela arriva bien plus tôt que prévu.

Un matin, dans les premiers jours de septembre, il reçut un appel de Livia. Il fallait qu'il gagne l'hôpital immédiatement. Charlotte était en train d'accoucher.

Brando faillit demander à sa sœur comment il se faisait qu'elle soit au courant, mais il n'y avait pas de temps à perdre. Il poserait la question plus tard.

Livia était dans la salle d'attente de l'hôpital.

— Il y a des complications, lui annonça-t-elle sans détour.

— Le bébé ?

— Il va bien. C'est un petit bébé, mais en bonne santé. Non, le problème, c'est Charlotte. Elle fait une hémorragie. Ils essaient de la sauver.

— Qu'est-ce que tu veux dire ?

— Son état est critique. On m'a demandé de te préparer.

— À quoi ?

— Il n'est pas certain qu'elle survive, Brando. Elle a perdu beaucoup de sang. Les chirurgiens font leur possible.

— Je veux la voir.

— C'est impossible. Elle est sur la table d'opération.

— Mais je suis son mari. Je dois être auprès d'elle.

— Ah bon ? Et où étais-tu pendant l'été ?

Brando se figea, et se tourna vers sa sœur.

— Que sais-tu à ce sujet ? demanda-t-il.

— Qu'est-ce que tu crois ? lui lança Livia, pointant vers lui un menton belliqueux. C'est moi qui m'en suis occupée. Elle habitait le studio au-dessus de mon atelier. Je lui apportais ses repas, et je la conduisais à l'hôpital. Ma fille, aussi, lui tenait compagnie pour qu'elle ne se sente pas trop seule.

— Pourquoi ne m'as-tu rien dit ?

— Charlotte ne le voulait pas. J'ai respecté son choix. Elle était terriblement malheureuse. Que voulais-tu que je fasse ? Que je lui tourne le dos ? Je n'aurais jamais pu, parce que je tiens à elle, Brando. Et que je suis persuadée que le cœur de pierre que tu es tient aussi à elle.

Les reproches de Livia étaient autant de coups qu'encaissait Brando. Dans son émoi, il ne cessait de se malaxer les mains.

— Je ne suis pas un cœur de pierre, protesta-t-il avec véhémence. Et bien sûr que je tiens à elle. Je ne l'ai jamais traitée durement, je n'ai jamais…

— Mais as-tu jamais éprouvé de l'amour pour Charlotte ?

— Évidemment ! C'est ma femme. La mère de mon fils.

Livia exhala un profond soupir.

— Oh ! Brando ! Tu as beau être très intelligent, tu ne comprends rien aux femmes. Et, en particulier, à la tienne. Charlotte t'aime d'amour. Un amour tellement fort qu'elle est peut-être en train de mourir parce qu'elle a le cœur brisé.

C'était comme si un étau enserrait la poitrine de Brando.

— Elle ne peut pas mourir, murmura-t-il. Nous avons un fils.

— Ce sera un miracle si Charlotte s'en sort, Brando. Tu épouseras une autre femme qui élèvera cet enfant…

Incapable d'en entendre davantage, Brando se dirigea vers le bureau des infirmières. Il fallait qu'il soit accepté en salle d'opération, leur dit-il.

— Ma femme a besoin de moi. Je dois la voir.

— C'est interdit, *signore*. Nous sommes désolées.

Brando se mit à entretenir l'infirmière à voix basse :

— Je suis l'un des plus importants financeurs de cet hôpital. Je me ferai tout petit…

L'infirmière déclara qu'elle allait poser la question, mais qu'elle ne promettait rien.

Rejoignant Livia en salle d'attente, Brando se garda de reprendre la discussion avec celle-ci. Il n'en avait pas la force. Il se contenta de fixer les aiguilles de la grosse pendule, au mur. Le temps s'écoulait avec une lenteur éprouvante. C'était à croire que l'infirmière ne reviendrait jamais. Pourtant, elle reparut au bout de cinq minutes.

— L'opération vient juste de se terminer, *signore,* dit-elle. Votre épouse va être transférée en soins intensifs. Je vous appellerai dès que vous pourrez la voir.

— Comment va-t-elle ?

L'infirmière marqua un temps d'hésitation avant de répondre :

— On ne m'a donné aucune indication à ce sujet. Mais peut-être voulez-vous voir votre fils, en attendant ?

Planté devant la vitre de l'unité de soins intensifs néonatals, Brando fixa longuement le bébé qu'on lui indiqua, dans son petit berceau. Enveloppé d'une couverture bleue, coiffé d'un bonnet de couleur identique, son fils lui sembla minuscule et très rouge.

Comment imaginer qu'il grandisse sans l'amour de sa mère ? songea Brando, au bord des larmes.

Et comment lui-même pourrait-il vivre sans Charlotte ? Elle était faite pour lui. Pour faire partie de sa vie.

Au bout d'une attente qui lui parut encore interminable, l'infirmière revint le chercher.

— Je vais vous conduire à votre femme, dit-elle.

Charlotte n'était pas encore réveillée. Elle était si pâle que l'on aurait cru une statue d'albâtre. Des tubes la reliaient aux machines surveillant son état.

— Elle ne se réveillera pas avant plusieurs heures, expliqua l'infirmière.

Incapable de prononcer un mot, Brando se contenta de hocher la tête. Il était fasciné par la forme immobile sur le lit. Sa femme. Comment était-il possible que toute sa famille se soit occupée d'elle sans qu'il se doute de rien ? Même leur mère avait rendu visite à Charlotte, avait dit Livia.

Tous avaient été là pour elle, sauf lui.

L'infirmière s'éclipsa, et Brando tira un fauteuil près du lit. Il ne pouvait détacher les yeux du mouvement régulier de la poitrine de Charlotte, du faible battement à la base de son cou. Comme elle semblait fragile ! Et terriblement seule.

Les regrets le submergèrent. Dire qu'il l'avait fait souffrir, et que tout le monde s'en était rendu compte sauf lui. Tout le monde l'avait soutenue, sauf lui.

Avec précaution, il glissa une main sous les tubes, et alla la refermer sur la petite main si frêle. Très doucement, il la pressa. Bien sûr, il n'y eut aucune réaction.

— Nous avons un magnifique bébé, chuchota-t-il. On prend bien soin de lui. Mais il a besoin de toi, *cara*. Tu es tout pour lui. Il t'aime, et il compte sur toi. Ne l'abandonne pas, Charlotte. Ne brise pas son petit cœur.

Pas un frémissement ne vint en réponse. C'était à croire que Charlotte n'était déjà plus présente.

Pourtant, elle était là. Il repensa à ce que lui avait dit Livia. Charlotte attendait-elle vraiment qu'il lui déclare son amour ?

Comment ne savait-elle pas qu'il l'aimait ? Que c'était la

raison pour laquelle il l'avait suivie à Los Angeles ? Qu'il ne supportait pas l'idée qu'elle ne fasse pas partie de sa vie ?

Se levant, Brando s'approcha pour déposer un baiser sur le front de Charlotte, puis effleurer ses lèvres.

— Ce n'est pas juste le bébé qui a besoin de toi, *cara*, murmura-t-il à son oreille. Moi aussi, j'ai besoin de toi. Je t'aime, et je t'aimerai toujours. Reviens-moi. J'ai compris la leçon. Donne-moi une chance de me racheter.

Charlotte se réveilla tard dans la nuit, encore groggy et faible. Elle ouvrit les yeux, et découvrit Brando assis dans le fauteuil qu'il n'avait pas quitté de la journée. Pendant un long moment, elle demeura silencieuse, puis questionna d'une voix rauque :

— Le bébé ? Comment va-t-il ?

Brando se leva et vint à elle.

— Il va bien, *cara*, répondit-il tendrement. Mais il ira encore mieux quand il sera dans tes bras. Pour l'instant, c'est toi qui nous donnes du souci.

— C'est inutile, murmura-t-elle. Je vais bien.

Pourtant, tout en elle disait le contraire : son petit visage livide, les ombres sombres sous ses grands yeux emplis de terreur, et d'une insondable détresse…

Il était clair que Charlotte ne se sentait pas aimée, pas en sécurité. Le cœur de Brando se serra à la pensée que c'était lui qui était responsable de sa souffrance.

— Tu m'as tellement manqué, dit-il. Je t'ai cherchée partout. J'étais mort d'inquiétude.

— Je n'ai pris aucun risque. Et toute ta famille s'est occupée de moi.

Une nouvelle fois, la douleur transperça Brando.

— C'est *moi* qui aurais dû prendre soin de toi, dit-il.

— Je ne crois pas que nous soyons faits l'un pour l'autre, Brando.

— Bien sûr que si, *cara* ! Je ne te demanderai jamais assez pardon de n'avoir pas su t'avouer mes sentiments. Je te promets de m'améliorer, d'apprendre à communiquer. Mais ce n'est pas parce que je ne sais pas m'exprimer que cela veut dire que je ne tiens pas à toi. Je *t'aime*, Charlotte. Tellement fort que je ne peux pas imaginer ma vie sans toi.

Lentement, Charlotte tourna la tête vers lui. Ses yeux étaient pleins de larmes.

— Je t'ai donné le fils que tu voulais, Brando. Tu n'as plus besoin de moi. Laisse-moi m'en aller en paix, maintenant.

— *Cara !* Mon amour ! Tu ne peux pas dire ça. Je t'aime, Charlotte.

— Ne me mens pas. Ce ne sont que des mots.

Brando se pencha sur Charlotte, et effaça des lèvres les larmes sur sa joue, avant de l'embrasser au coin de la bouche. Il sentit trembler ses lèvres.

— Je t'aime, Charlotte, redit-il doucement. Et ce sont les mots que j'aurais dû te dire, il y a longtemps. Pas seulement une fois, mais jusqu'à ce que tu me croies, que tu te sentes aimée, protégée. Parce que tu es l'amour de ma vie, Charlotte. Reste avec moi. Accorde-moi la chance de te prouver que je suis fait pour toi.

Charlotte ferma les yeux et secoua faiblement la tête.

— Je ne veux plus souffrir, soupira-t-elle. Je n'en peux plus.

— Je ne te ferai plus jamais souffrir, mon amour. Je te le promets. Tout ça est derrière nous. Le temps est venu d'être heureux. Je te donne ma parole que je vais changer.

Ouvrant les yeux, elle fixa son regard sur lui.

— Je n'ai pas besoin que tu me donnes ta parole, mais ton cœur, dit-elle.

— Il est à toi, ma chérie. Tout à toi !

— Pourquoi est-ce que tu ressens maintenant ce que tu ne ressentais pas avant ?

Essuyant du pouce les larmes qui coulaient encore sur la joue pâle, Brando murmura :

— J'ai toujours éprouvé la même chose pour toi, ma chérie. Simplement, je n'ai pas l'habitude de donner libre cours à mes sentiments. Je n'arrive qu'à les garder enfermés à double tour au fond de mon cœur.

— Mais pourquoi ?

— Cela remonte à mon enfance. J'étais le petit dernier, et personne ne me prêtait attention. J'ai appris à ne pas révéler ce qui m'affectait le plus. C'est devenu une épouvantable habitude. Je promets de ne plus jamais agir ainsi.

La main de Charlotte vint cueillir celle de Brando, et elle noua ses doigts aux siens.

— J'ai besoin de savoir ce que tu ressens, fit-elle. Nous en aurons besoin, ton enfant et moi.

— *Notre* enfant, ma chérie. Et, oui, je suis d'accord avec ça.

Charlotte était restée à l'hôpital une semaine, mais ils étaient enfin de retour au *castello*.

Les vendanges approchaient, et Brando passait une bonne partie de ses journées dans les vignes. Cependant, il s'arrangeait toujours pour être de retour auprès de Charlotte chaque fin d'après-midi.

Somnolant sur une chaise longue, au bord de la piscine, elle tenait son bébé endormi contre sa poitrine, tandis que Brando faisait des longueurs de bassin. De temps à autre, Charlotte ouvrait les yeux pour le regarder nager.

Il était magnifique. Et il lui appartenait. Enfin !

Le bébé bougea, et Charlotte fourra son nez dans le petit cou qui sentait délicieusement bon. Le parfum de l'amour.

— Il faudra tout de même que nous lui trouvions un prénom, lança-t-elle à Brando qui se hissait sur le bord du bassin. Nous n'allons pas l'appeler « bébé » éternellement.

Enroulant une serviette autour de ses hanches, Brando vint déposer un baiser sur les lèvres de Charlotte, puis sur la tête de son enfant.

— Est-ce que la tradition n'exige pas qu'il porte le prénom de l'un de tes ancêtres ? reprit Charlotte.

Brando la gratifia d'un sourire lumineux.

— Oublie la tradition, dit-il. Il faut lui donner un prénom qui lui ressemble. Cet enfant est un miracle. C'est grâce à lui que nous sommes ensemble. C'est notre petit ange !

Leurs regards se rencontrèrent.

— Et pourquoi pas Angelo ? proposa Charlotte.

Pendant quelques secondes, Brando ne répondit rien, puis il embrassa la joue veloutée de leur fils.

— Tu es notre petit amour, Angelo, murmura-t-il.

Retenant des larmes de bonheur, Charlotte tendit la main pour caresser la mâchoire volontaire de son époux.

— Je t'adore, Brando, dit-elle. Merci pour tout l'amour que tu me donnes. Merci de m'avoir offert cette merveilleuse famille.

— Merci à toi, *cara*. Je t'aime, tu sais.

Désormais, Charlotte n'en doutait plus.

Épilogue

Septembre, deux années plus tard

Les vendanges battaient leur plein, et la vie de Charlotte était particulièrement animée, avec deux jeunes enfants et un mari qui passait plus de temps dans les vignes qu'au *castello.* Mais elle comprenait parfaitement, et était tout aussi excitée que lui par la récolte qui s'annonçait excellente.

Après qu'elle eut nourri le dernier arrivé dans la famille – un autre garçon, prénommé Joseph, et âgé de sept mois –, Charlotte confia les petits à la nurse, et partit à la recherche de son époux.

Elle ne tarda pas à le voir approcher, sa chemise blanche, trempée de sueur, collant aux méplats de son torse.

Il sourit en la voyant venir vers lui.

— Où vas-tu comme ça ? lui lança-t-il.

— Je te cherchais. J'espérais t'arracher un peu à ton travail. Si tu en as le temps, bien sûr.

— Tout dépend de ce pour quoi tu as besoin de moi.

La lueur moqueuse dans les prunelles d'argent et la voix descendue d'une octave ravirent Charlotte.

— J'ai passé l'essentiel de ma journée avec les enfants, expliqua-t-elle, et je crois que j'ai besoin d'activité… *adulte.*

Elle gratifia Brando d'un regard lourd de sous-entendus, avant d'ajouter :

— Bref, j'ai besoin de toi.

Le sourire de Brando s'élargit, et il inclina la tête pour

déposer sur les lèvres de Charlotte un baiser d'une sensualité qui la fit fondre. Elle se plaqua contre son mari.

— Je suis à ton entière disposition, dit-il contre sa bouche.

— Alors, c'est parfait, répliqua-t-elle.

Brando l'entoura de ses bras, la tenant fermement soudée à son torse et son bassin. À travers le jean, Charlotte sentait son érection frotter à l'endroit où elle palpitait de désir.

— Je suis toujours aussi folle de toi, murmura-t-elle en cambrant les reins. J'ai envie de toi nuit et jour.

— Ce qui explique peut-être pourquoi nous avons déjà un deuxième bébé, répliqua Brando.

Charlotte lui sourit.

— J'ai l'impression que nous allons nous retrouver à la tête d'une famille nombreuse, dit-elle.

— Tant qu'il n'y a plus de grossesses difficiles, cela me convient parfaitement.

Soulevant Charlotte dans ses bras, Brando quitta le sentier et se dirigea vers la piscine.

— Où m'emmènes-tu ? demanda-t-elle.

— Dans un endroit tranquille.

Il la porta jusqu'au pool house dont il verrouilla la porte. En deux temps trois mouvements, Brando dévêtit Charlotte et la fit reculer jusqu'au lit de repos où il l'allongea précautionneusement.

Tombant à genoux, il embrassa tout d'abord son genou droit, puis le gauche, avant que ses lèvres remontent plus haut, le long des cuisses.

Charlotte murmurait le prénom de son mari d'une voix haletante. Il se glissa entre ses jambes, les écartant pour faire de la place à son grand corps, mais au lieu de la pénétrer immédiatement, il s'inclina pour poser sa bouche à l'endroit où elle était moite de désir, là où il n'ignorait pas que chaque petit coup de langue allumait des flammèches incandescentes. Elle ondulait du bassin sans plus se maîtriser, tout son corps tendu comme un arc dans l'impatience d'être possédée. Ces baisers la rendaient folle ; le ballet de la langue démoniaque explorant le cœur de son intimité était un divin supplice. Mais elle désirait par-dessus tout le poids de Brando sur elle, le plaisir inouï que lui seul savait lui donner.

Brando ne se lassait jamais de la saveur de Charlotte, de ses gémissements. Il adorait la sentir se cabrer dans ses bras, n'était jamais rassasié d'éprouver sous ses lèvres la douceur soyeuse de sa toison blonde, ressentait toujours le même bonheur à voir l'éclat de ses prunelles d'azur lorsque s'y lisait une invitation muette.

La passion qu'elle lui manifestait n'avait d'égale que le besoin qu'il avait d'elle. Il chérissait la façon dont elle se livrait sans réserve, que ce soit dans l'acte d'amour ou dans la vie de famille.

Tandis qu'il lui donnait du plaisir, sur ce lit de repos, ce n'était pas seulement son corps qu'il lui offrait, mais son cœur. Il ne s'agissait pas simplement de sexe, de sensations. C'était l'expression de la promesse qu'ils s'étaient faite de toujours mettre avant tout autre chose l'amour qu'ils se portaient l'un à l'autre, et leur famille.

Certes, Charlotte gardait la même indépendance d'esprit, et la même force de caractère. Mais Brando avait fini par comprendre que ce dont elle avait besoin plus que tout, c'était de loyauté, d'engagement, de stabilité.

Il savait qu'il n'aurait aucun mal à respecter son engagement : celui de protéger sa femme et leurs enfants.

Désormais, ils étaient le cœur de sa vie. Une vie qu'il adorait, car elle était pleine d'espoir, et de passion.

Et, peut-être, d'autres bébés à venir.

Retrouvez prochainement, dans votre collection

AZUR

Pacte avec un milliardaire grec, de Julia James - N°4345

Toute sa vie, Rosalie a connu la pauvreté. Aussi est-elle troublée quand se présente à elle un milliardaire. Plus surprenant encore, Alexandros Lakaris lui propose un mariage de convenance ! L'occasion pour elle d'apprendre qu'elle est l'héritière secrète d'un magnat avec lequel Alexandros est en affaires. Si Rosalie est d'abord choquée d'être ainsi l'objet d'une transaction commerciale, elle accepte toutefois le marché d'Alexandros, pour les sortir de la misère, sa mère et elle. Et bientôt, c'est auprès de son nouvel époux qu'elle découvre un monde inconnu, luxueux et redoutable…

L'enfant de Santa Cruz, de Natalie Anderson - N°4346

Face à Javier Torres, Emerald voit les souvenirs affluer. Il a suffi que cet homme lui sourie pour qu'elle s'approche de lui. Qu'il la touche pour qu'elle s'enflamme. Hélas, il lui a menti sur son identité et la raison de son séjour à Santa Cruz. Il l'a trompée, manipulée, alors qu'elle lui offrait son cœur et son corps. Le revoir aujourd'hui, dix-huit mois après sa disparition, est un choc d'autant plus grand qu'il ignore tout de son précieux secret : Emerald a donné naissance à un petit garçon… Leur enfant.

Mon précieux scandale, de Maisey Yates - N°4347

Je n'oublierai jamais la première fois que j'ai vu Hercules Xenakis… Un dieu vivant. Un prince qui, à ma grande surprise, a voulu me connaître. Un homme dont je suis tombée amoureuse. Hélas, notre relation a volé en éclats quand je me suis découverte enceinte de lui, car le palais m'a imposé de garder le secret pour éviter tout scandale. Or voilà que, cinq ans après un exil silencieux, je me retrouve face à Hercules, qui exige de rencontrer son héritière…

Une secrétaire sous le charme, d'Ally Blake - N°4348

Avec Angus Wolfe, son patron, Lucinda entretient une relation professionnelle harmonieuse, teintée d'impertinence et de badinage, mais fondée sur l'honnêteté et le respect. En ce qui concerne le travail, tous deux sont faits l'un pour l'autre ! Hélas, quand leurs chemins se séparent à la sortie du bureau, Lucinda ne parvient pas à oublier Angus. Maman célibataire d'un petit garçon, elle n'a pourtant pas le loisir de fantasmer sur un homme qui lui est interdit… Même si, depuis quelque temps, il la couve d'un regard bien trop ardent.

Un traître pour amant, de Jennie Lucas - N°4349

Leo est apparu dans la vie de Daisy tel un miracle, un rêve, avec son regard ténébreux et son sourire dévastateur. Dès le premier instant, elle a été séduite par son charme viril, et tous deux savourent depuis lors des nuits exquises. Hélas, le monde de Daisy vacille quand elle apprend que son amant n'est autre que Leonidas Niarxos, l'homme qu'elle tient pour responsable de la mort de son père ! Anéantie, elle décide de le fuir sans lui révéler qu'elle attend son enfant. Jusqu'à ce que Leonidas découvre son secret…

La fiancée d'un Sicilien, de Maya Blake - N°4350

Mia est stupéfaite. Sur le pas de sa porte se tient Rocco, l'homme qui l'a brutalement abandonnée trois ans plus tôt, l'accusant des pires maux. Mais sa surprise se transforme en peur quand il lui révèle l'objet de sa visite : il vient de découvrir que Mia a eu un enfant de lui et compte bien faire de Gianni l'héritier des Vitelli ! Désemparée et craignant d'être séparée de son fils chéri, Mia accepte le mariage de convenance que lui propose Rocco…

Vengeance et lune de miel,
de Jessica Gilmore - N°4351

Pour conclure une affaire et surtout assouvir une vengeance personnelle, Deangelo Santos a besoin… d'une épouse ! Or il sait déjà à qui demander de tenir ce rôle au cours d'un séjour à Rio de Janeiro. Harriet, sa très efficace assistante, est la candidate idéale, elle qui n'a jamais manifesté le moindre intérêt sentimental pour lui. Si son plan semble d'abord fonctionner à merveille, leur lune de miel improvisée paraît soudain bien trop réelle à Deangelo. En effet, à mesure qu'il côtoie Harriet, il se rend compte à quel point la jeune femme l'attire…

L'héritière du Kansas, de Susan Meier - N°4352

SÉRIE : *LES MILLIARDAIRES DE MANHATTAN* - 1/3

Leni a grandi à Mannington, dans le Kansas – un petit village tranquille où il ne se passe pas grand-chose. Aussi est-elle sidérée de voir débarquer dans le petit restaurant où elle travaille comme serveuse un homme d'affaires de la ville. D'autant que Nick Kourakis lui fait une révélation inattendue : elle est l'héritière d'un milliardaire ! Bientôt, la jeune femme accepte de l'accompagner à New York, où elle découvre un monde de luxe bien différent du sien. Au risque de perdre ses repères et la raison auprès de Nick…

Zakaria, un cheikh maudit,
d'Elisa Marshall - N°4353

SÉRIE : *L'HÉRITAGE DES SABLES* - 3/3

La solitude est sa malédiction. Parce qu'il a été banni du royaume de Zmelâa à la naissance, Zakaria Miralez s'est construit à la dure, dans un sinistre bidonville du Venezuela. Aussi, le jour où une ambassadrice de son pays d'origine se présente chez lui pour lui révéler qu'il est prince, la rejette-t-il avec colère. Pourtant, à force de détermination, l'audacieuse Feriel le convainc de la suivre au palais, où l'attend la famille royale dont il n'a que faire. Mais, avant de partir, Zakaria s'en fait la promesse : jamais il ne cédera au lustre d'une existence qui n'est pas la sienne – même pour la plus belle femme du désert...

La fureur d'un play-boy,
de Chantelle Shaw - N°4354

Pour la presse à scandale, il est le célibataire le plus sexy d'Espagne. Un play-boy, une légende sportive. Mais, pour Betsy, Carlos Segarra est l'homme qui l'a séduite deux ans plus tôt, avant de l'abandonner sans un mot. Surtout, il est le père de son fils ! Alors qu'elle pensait ne jamais le revoir après leur unique nuit d'amour, le voici chez elle, plus arrogant que jamais. Carlos vient en effet de découvrir le secret de Betsy, et c'est avec fureur qu'il lui demande des comptes !

Fascinée par un séducteur,
de Sharon Kendrick - N°4355

Depuis que le célèbre Alek Sarantos est arrivé dans l'hôtel de luxe où Ellie travaille, toutes les équipes sont en ébullition, et chacun s'efforce de satisfaire au mieux les caprices du milliardaire. Mais Ellie, elle, tâche surtout d'ignorer sa beauté foudroyante et ses regards brûlants de désir. Pourtant, lorsque Alex lui donne un fougueux – et merveilleux – baiser, elle ne peut résister et se laisse aller entre ses bras. C'est alors que sa vie bascule : elle perd son emploi, les paparazzis se lancent à ses trousses, et le beau Grec, persuadé qu'elle a averti les médias, est fou de rage...

OFFRE DÉCOUVERTE !

Vous souhaitez découvrir nos collections ? Recevez **votre 1er colis gratuit*** **ave** **1 cadeau surprise !** Une fois votre colis de bienvenue reçu, si vous souhait continuer à recevoir nos livres, cela se fera automatiquement. Vous recevrez alo vos livres inédits** en avant-première.

Vous n'avez aucune obligation d'achat et cette offre est sans engagement de duré

*1 livre offert + 1 cadeau / 2 livres offerts pour la collection Azur + 1 cadeau.
**Les livres Ispahan, Sagas, Gentlemen et Hors-Série sont des réédités.

☛ COCHEZ la collection choisie et renvoyez cette page au
Service Lectrices Harlequin – CS 20008 – 59718 Lille Cedex 9 – France

Collections	Références	Prix colis*
❑ **AZUR**	Z1ZFA6	6 livres par mois 29,39€
❑ **BLANCHE**	B1ZFA3	3 livres par mois 24,15€
❑ **LES HISTORIQUES**	H1ZFA2	2 livres par mois 16,89€
❑ **ISPAHAN**	Y1ZFA3	3 livres tous les 2 mois 23,85€
❑ **PASSIONS**	R1ZFA3	3 livres par mois 25,59€
❑ **SAGAS**	N1ZFA3	3 livres tous les 2 mois 28,26€
❑ **BLACK ROSE**	I1ZFA3	3 livres par mois 25,59€
❑ **VICTORIA**	V1ZFA3	3 livres tous les 2 mois 26,19€
❑ **GENTLEMEN**	G1ZFA2	2 livres tous les 2 mois 17,35€
❑ **HARMONY**	O1DFA3	3 livres tous les mois 20,16€
❑ **ALIÉNOR**	A1ZFA2	2 livres tous les 2 mois 17,35€
❑ **HORS-SÉRIE**	C1ZFA2	2 livres tous les 2 mois 17,85€

N° d'abonnée Harlequin (si vous en avez un) |_|_|_|_|_|_|_|_|_|

Mme ❐ Mlle ❐ Nom : ______________________

Prénom : ______________________ Adresse : ______________________

____

Code Postal : |_|_|_|_|_| Ville : ______________________

Pays : ______________________ Tél. : |_|_|_|_|_|_|_|_|_|_|

E-mail : ____

Date de naissance : ____

Date limite : 31 décembre 2021. Vous recevrez votre colis environ 20 jours après réception de ce bo Offre soumise à acceptation et réservée aux personnes majeures, résidant en France métropolitaine, da la limite des stocks disponibles. Prix susceptibles de modification en cours d'année. Vous pouvez demand à accéder à vos données personnelles, à les rectifier ou à les effacer. Il vous suffit de nous écrire en no indiquant vos nom, prénom et adresse à : Service Lectrices Harlequin CS 20008 59718 LILLE Cedex 9. Service Lectrices disponible du lundi au vendredi de 9h à 17h : 01 45 82 47 47.